KB104741

카마도 네즈코

하시비라 이노스케

학산문화사

귀멸의 칼날
행복의 꽃

고 토 게 코 요 하 루
야 지 마 아 야

츠유리 카나오

시노부의 '츠구코'.
과묵하고 매사에 자기 혼자선
결단을 잘 내리지 못한다.

아가츠마 젠이츠

탄지로의 동기.
평소엔 겁이 많지만
잠들면 본래의 힘을 발휘한다.

칸자키 아오이

귀살대의 대원.
나비 저택에서 대원들의
치료와 훈련을 담당한다.

코쵸우 시노부

귀살대 '주(柱)'의 일원.
약학에 정통해 있고, 도깨비를
죽이는 독을 만든 검객.

하시비라 이노스케

탄지로의 동기.
멧돼지 가죽을 뒤집어쓰고 다니고,
매우 호전적.

인물 소개

카마도 탄지로

누이동생을 구하고 가족의 복수를 목표로 삼은 마음씨 착한 소년. 도깨비나 상대방의 급소 등을 '냄새'로 알아낼 수 있다.

카마도 네즈코

탄지로의 누이동생. 도깨비에게 공격당해 도깨비가 되지만, 다른 도깨비들과 달리 인간인 탄지로를 보호하듯이 움직인다.

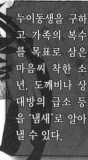

줄거리

때는 다이쇼. 천 년도 넘는 세월 동안 최초의 도깨비·키부츠지 무잔에 의해 숫자가 계속해서 늘어난 도깨비들은 인간을 잡아먹으며 그들의 행복을 위협해 왔다.

키부츠지라는 괴물을 탄생시킨 바람에 저주받은 우부야시키 일족은 속죄를 위해서 모든 것의 원흉인 키부츠지를 쓰러트리는 일에 심혈을 기울인다.

훗날 귀살대라고 불리게 된 그들… 도깨비 사냥꾼들은 일륜도라 불리는 칼을 손에 쥐고 맨몸으로 도깨비와 대치한다.

인간인 그들은 경이로운 회복력을 지닌 도깨비와는 달리 부상을 당한다. 때로는 손을, 때로는 다리를 잃으며….

그래도 도깨비와 맞서 싸운다.

모든 것은 인간을 지키기 위해서.

목
차

귀멸의
칼날

행복의 꽃

제 1 화
행복의 꽃

당찬 아름다움이 돋보이는 검은색 신부 의상은 분명 누이동생의 하얀 피부와 잘 어울리겠지.

잔걱정이 많은 누이동생은 호화로운 금색 비단 허리띠를 보고, '아깝다'며 미간을 찌푸릴지도 모른다.

멋스럽게 치장해 올린 검은 머리카락 아래로 누이동생은 눈물을 흘릴까…?

슬픔이 아닌, 기쁨으로 가득 찬 눈물을.

누구보다도 착한 내 누이동생.

도깨비로 변하고 나서도 인간이었던 시절의 따스함을 버리지 않는 내 누이동생.

바라건대 누구보다도 널 행복하게 해 주고 싶어….

"…혼례요?"

"네…. 이번에 경사스럽게도 이 마을 아가씨가 시집을 가게 돼서요."

히사는 그렇게 말하고 원래도 가는 눈을 더욱 가늘게 뜨며 웃었다.

등꽃을 본뜬 문양은 귀살대 대원이라면 누구나 무상으로 극진히 대접해 준다는 증표다.

이 문양이 박힌 집은 대원 덕분에 도깨비로부터 목숨을 건진 일을 잊지 않고, 이러한 형태로 은혜를 갚고 있다고 한다.

그래서 임무 중 다친 대원은 등꽃 문양을 찾아간다.

히사의 집도 그런 가문 중 하나였다.

탄지로, 젠이츠, 이노스케, 그리고 네즈코 네 사람은 임무를 수행하다 입은 상처를 치료하기 위해서 이곳에 머물게 되었고, 오늘이 딱 열흘째 되는 날이었다.

물론 도깨비인 네즈코는 온종일 '안개구름 삼목'으로 만든 상자 속에서 잠을 자기 때문에, 이 집 사람들과 얼굴을 맞대는 건 나머지 세 사람뿐이지만….

산에서 구한 재료를 아낌없이 넣은 요리와 푹신푹신한 이불, 편안한 옷 등 정성이 가득한 보살핌 덕분에 셋이서 사이좋게 부러졌던 갈비뼈도 제법 회복됐다.

"여기서 제일 가까운 마을의 촌장 집안 며느리로 들어가요."

"와, 축하드려요."

탄지로가 진심 어린 축하를 건넸다.

싱긋 미소 지은 히사는 "괜찮으시다면."이라며 말을 이었다. "도깨비 사냥꾼님들도 혼례에 참석해 주셨으면 좋겠습니다만…."

"네? 저희가요?"

"물론 여러분의 몸이 다 나으셨을 때의 이야기입니다…. 모쪼록 무리하지는 마시고요."

"아뇨, 몸은 이제 괜찮습니다. 그보다 저희가 참석해도 되는 자리인가요?"

탄지로가 사양하자, 히사가 하얗게 센 머리를 절레절레 가로저었다.

히사의 이야기에 따르면 오늘 밤은 이 마을에서 간소한 혼

례를 올리고, 내일 낮에 가마 행렬을 꾸려서 이동한 다음 상대의 집에서 성대한 식을 올릴 예정이라고 한다.

순전히 예비 신부의 아름다운 외모만 보고 결정된 혼담이기는 하지만, 흔치 않은 경사인 만큼 마을 사람들도 무척 들떠 있다는 모양이었다.

"도깨비 사냥꾼님들이 축하해 주신다면… 모두 기뻐할 거예요."

"그렇게 말씀하신다면 기꺼이요. 젠이츠, 이노스케, 너희도 좋지?"

탄지로가 어깨 너머로 돌아봤다.

그 말을 들은 젠이츠는,

"응, 물론이… 네, 물론입니다. 혼례라면 도깨비 사냥과는 다르게 무서운 일도 없을 테고, 맛있는 음식 먹고, 예쁜 신부만 구경하면 되니까 일석이조… 아… 아무리 예뻐도 네즈코만큼 예쁘지는 않겠지만 말이야! 아니, 그건 저도 압니다만~ 어디까지나 저는 일편단심 네즈코니까~ 그 점은 오해하지 말아 주세요."

라고 두 손을 비비면서 대답했고,

"혼례가 뭐냐?"

한편, 이노스케는 양손에 쥔 만주를 우걱우걱 먹으면서 연신 탄지로의 옆구리에 머리를 박았다.

'아파라….'

탄지로가 눈썹을 축 늘어뜨렸다.

그리고 (젠이츠가) 기분 나빴다.

지금이야 (정확히는 요 며칠 사이에) 완전히 익숙해진 광경이었다.

젠이츠는 네즈코가 탄지로의 누이동생임을 알자마자 태도가 노골적으로 달라졌다. 마구 굽신거리기 시작한 것이다.

이노스케 쪽은 이 박치기가 문제였다. 그 나름대로는 남과 친해져 보려는 심산이겠지만, 시도 때도 없이 머리를 박아 대니 탄지로는 난처할 따름이었다.

이래서는 쉬고 또 쉬어도 탄지로만 갈비뼈가 완치되지 않을 것이다.

그리고 (젠이츠가) 기분 나빴다.

"젠이츠 넌 왜 그렇게 기분 나쁜 말투로 말하는 거야? 게다가 신부에게 실례가 될 소리는 하지 마. 그리고 이노스케. 혼례라는 건 두 사람이 결혼해서 부부가 되기 위해 치르는 예식을 말해. 아얏… 이노스케, 박치기는 이제 그만해 줘."

두 사람에게 완곡하게 불평한 다음 히사 쪽으로 고개를 돌린 탄지로는,

　"저희도 함께 축하드리고 싶습니다. 잘 부탁드릴게요."

　라고 말하며 고개를 숙였다.

　"저야말로 잘 부탁드립니다…."

　히사는 방바닥에 이마가 닿을 정도로 공손히 인사하고는,

　"오늘 저녁은 저희 집에서도 한 상 가득 차려드릴게요."

　라며 방긋 웃었다.

　"젊은 분들은 아무래도 고기반찬을 좋아하실 테지만… 공교롭게도 요즘 유행하는 요리는 아는 것이 없어서…."

　"…아뇨. 이미 충분히 신세를 지고 있는걸요."

　황급히 손을 흔들며 만류하는 탄지로를 밀어내면서,

　"그거다!!"

　라고 이노스케가 외쳤다. "늘 먹는 그거! 할망구, 그걸 만들어!! 그거 말이야, 그거!!"

　"어이! 이노스케!!"

　"너 계속 그거라고밖에 안 하잖아. 정확하게 이름을 얘기해."

　탄지로와 젠이츠가 저마다 나무랐지만, 히사는 알아들었다는 듯이 "그거 말이군요."라며 고개를 끄덕였다.

"튀김 말씀이지요? 밀가루를 입혀 만든."

"그래!"

"네, 네…. 잔뜩 튀길게요. 다과는 부족하지 않으신가요?"

"부족하니까 그거 가져와!! 알아들어? 그거다?!"

"네, 네. 쌀 과자요. 금방 가져오겠습니다…."

히사는 태연하게 대답하고 방을 나섰다.

나이가 지긋해서 그런지 히사의 행동거지는 매우 조용해서, 소리를 거의 내지 않는다.

이때도 덜걱거리는 소리 하나 없이 방문이 슬며시 닫혔다.

"…저 사람 용케 알아듣네. '그거'라는 단어밖에 말 안 했잖아."

젠이츠가 감탄하는 것 같기도, 질린 것 같기도 한 눈빛으로 히사가 사라진 방문 쪽을 바라봤다.

"확실히…."라며 탄지로도 끄덕였다.

정작 이노스케는 아무 생각 없이 만주를 먹어치우는 데만 정신이 팔려서, 두 사람이 중얼거리는 소리 따위는 귀에 들어오지도 않았다.

이 집에 머물기 시작했을 때만 해도,

"웃기지 마!! 옷을 입고 집 안에서 지내라는 건 고문이나 다름없잖아! 난 죽어도 싫어!! 내가 누군지 알기나 해?! 산의 왕이라고!"

이렇게 난리를 피우던 이노스케였지만, 지금은 (여전히 상반신은 헐벗고 있으나) 이 집에서의 생활에 상당히 적응한 것처럼 보였다.

적어도 고문으로 생각하진 않는 것 같았다.

분명 집주인인 히사의 존재가 컸으리라.

처음 이 저택을 방문한 날부터 히사는 이노스케를 두려워하지 않았다.

위압감을 주는 멧돼지 머리를 겁내지 않고, 수많은 기괴한 행동에도 아랑곳하지 않으며, 마치 친손자라도 되는 듯 바지런하게 이노스케의 뒤치다꺼리를 하는 노파의 모습을 떠올리자, 탄지로의 마음은 따스함으로 가득 찼다.

'정말 감사한 일이야….'

고마움이 사무쳤다.

청결한 잠자리와 따뜻한 목욕탕, 마음이 담긴 대접도 그렇지만, 함께 목욕하고 한솥밥을 먹어서인지 (젠이츠의 과한 아부와 이노스케의 때와 장소를 가리지 않는 박치기는 차치하고) 세 사람의 거리가 부쩍 좁아진 기분이 들었다.

무엇보다도 둘은 도깨비인 네즈코를 꺼리는 법 없이 있는 그대로 받아들여 준다.

그게 얼마나 기쁜지.

탄지로가 훈훈한 마음으로 그런 생각을 하고 있자,

"야, 너! 왜 혼자서 만주를 전부 먹어치우냐?! 나랑 탄지로 몫도 있다고!! 이 멍청한 멧돼지야!!"

"시끄러워, 엉덩이츠! 꾸물거린 놈이 잘못이지!!"

"젠이츠야!! 엉덩이츠는 누군데?!"

"닥쳐, 애송이! 여긴 내 구역이야!!"

"아~ 그러셔? 죄송하게 됐네요. 근데 구역은 또 뭔 소리… 끄아아아악!!!!"

"겁쟁이 주제에!! 날 이기려면 백만 년은 일러!! 크하하하하하하하!!!"

뺨을 맞은 젠이츠가 괴성과 함께 방바닥 위를 구르며 몸부림쳤다. 산짐승의 우렁찬 외침을 닮은 이노스케의 웃음소리가

방 안에 메아리쳤다.

'…….'

탄지로는 한숨을 내쉰 다음,

"…이노스케, 젠이츠를 때리면 안 돼."

라며 중재에 나섰다.

젠이츠가 이노스케의 행동에 (정당한) 지적을 하고, 이노스케는 그런 젠이츠를 무자비하게 때리고, 탄지로가 둘을 말린다.

이것 역시 그들에게 익숙한 광경이 되어 가는 중이었다.

"아~ 신부가 정말 아름다웠어~"

"맛있는 게 잔뜩 있었지. 꺼억."

신부의 집에서 돌아오는 길.

전혀 다른 감상을 늘어놓는 두 사람 옆에서 탄지로는 풋풋한 신부의 모습을 머릿속에 떠올렸다.

아직 앳된 신부는 뛰어난 미모 덕에 촌장 집안에 시집가는 만큼, 그야말로 눈이 부시게 아름다웠다.

무엇보다도 톡 건드리면 터질 듯이 환하게 웃는 얼굴이 그녀가 얼마나 행복한지 알려 주었다.

날아오르는 학과 탐스러운 꽃이 그려진 검은색 신부 의상, 화사한 금색 비단 허리띠마저도 존재감이 희미해질 정도로….

"…그 사람 말이야."

"? 왜?"

"아니, 아무것도 아냐."

탄지로가 고개를 가볍게 저었다.

어쩌면 네즈코와 비슷한 나이일지도 몰라.

그런 생각을 떠올린 순간, 가슴 안쪽이 욱신거렸다.

'어…? 욱신?'

고개를 갸웃거린 탄지로가 등에 짊어진 나무 상자를 조심스럽게 고쳐 멨다.

그러자 드득드득드득… 하고 손톱으로 상자 안쪽을 긁는 소리가 들려왔다. 그 소리에 저도 모르게 펄쩍 뛰어오를 뻔했다.

'!!'

당연히 잠들었을 줄 알았던 동생이 깨어 있는 걸 알자 어째선지 심장이 덜컥 내려앉았다.

"그나저나 그 여자는 왜 그런 걸 입고 있었지?"

이노스케가 지나가듯이 질문을 던졌다. "그렇게 소매가 긴 옷을 입으면 나무에도 못 올라가고 토끼랑 새도 못 잡는다고."

멧돼지 머리를 갸웃거리는 모양이, 진심으로 궁금한 듯했다.

이노스케의 소박한 질문에,

"아아~ 이래서 시골 촌놈은 싫어."

라며 젠이츠가 한숨을 푹 쉬었다.

"산에 들어갈 일 없으니까 상관없어. 그 애는 말이지, 이제부터 큰 가게의 안주인이 될 거야. 꽃가마라고, 꽃가마. 뭔지 알아? 미인이니까 부잣집에 시집가서 예쁜 옷을 입고, 금이야 옥이야 애지중지 대접받으며 사는 거지."

"애초에 왜 옷을 그런 어두운 색으로 만들었냐? 그 녀석들은 검은색 옷을 입으면 산속에서 벌에 쏘이기 쉽다는 걸 모르나? 축하할 일이 있으면 더 환한 색을 고를 것이지. 마음에 안 드네."

"산에는 안 들어간다고 말했잖아. 검은색은 흰색과 함께 신부 의상에 많이 쓰이는 색이고, '당신 말고 다른 이의 색으로 물들지 않겠어요….'라는 굳은 의지를 나타낼걸? 아~ 나도 한 번쯤은 그런 말을 들어 보고 싶다. 가능하면 네즈코한테…. 우히힛!"

말하는 중간 중간 소름 끼치게 목소리가 뒤집어지면서 황홀한 표정으로 주절대는 젠이츠를 보며,

"이 자식, 무슨 소릴 하는 거야?"

라고 이노스케가 정색하며 중얼거렸다.

"기분 나쁜 녀석이구먼…."

"너한테만은 듣고 싶지 않아!!"

이노스케의 폭언에 젠이츠가 바짝 약이 올라서 화를 냈다.

"그치? 탄지로?!"

"…어?" 갑자기 젠이츠가 동의를 구하는 바람에 반 박자 늦게 건성으로 대답했다. "어… 글쎄?"

어쩐지 기분이 들떠서 진정되지 않았다.

마치 목 안쪽에 이렇게 꾹… 뭔가가 걸려 있는 듯한 느낌을 지울 수 없었다.

"왜 그래? 혼자 멍해서는."

걱정스러운 말투로 바뀐 젠이츠가 겉옷 소맷자락을 잡아당

겠다. "무슨 일 있었어?"

"배가 고파서겠지."

이노스케가 끼어들었다. 혼례 잔치에서 받은 떡을 한 입 가득 넣고 먹으면서,

"혼례 잔치에서 아무것도 안 먹었잖아. 그렇게 맛있는 음식이 산더미만큼 있었는데, 멍청한 녀석이야."

라고 말한 후 남은 떡을 단숨에 털어 넣었다. 그러고는 자신의 가슴팍을 쿵 두드렸다.

"기다리고 있어, 센지로. 내가 지금 신부 집으로 돌아가서 남은 음식을 가져와 주지!"

"?! 아냐, 그럴 필요까진 없어!"

마침내 정신을 차린 탄지로가 이노스케의 폭주를 다급히 막았다.

경사스러운 자리에서 산적 같은 짓을 하게 놔둘 수는 없었다. 모처럼 마련된 행복한 잔치를 망쳐놓을 것이다.

"사양하지 마. 애들을 돌보는 건 어른들의 의무니까."

"사양하는 게 아냐. 배도 안 고프고."

"먹을 수 있을 때 안 먹으면 후회한다? 이만큼 커다란 고깃덩어리가 있었다고!! 산처럼 쌓인 과일도!!"

"말했잖아. 배는 정말로 안 고파, 이노스케."

그렇게 말해도 이노스케는 좀처럼 알아듣지 못하고, 끝내는 제발 돌아가지 말아 달라며 머리를 숙이고 부탁하는 꼴이 돼 버렸다.

그래서 드디어 (정확히는 떨떠름하게) 이노스케를 이해시켰지만, 젠이츠는 약간 걱정스러운 낯빛이 되어서 탄지로의 얼굴을 들여다봤다.

"탄지로, 왜 그래? 왠지 아까부터 이상해."

"! 이상해? 내가?"

"응. 뭐랄까, 이상한 '소리'가 나."

"……."

뜨끔했다.

남들보다 귀가 월등히 좋은 젠이츠는 사람의 감정마저도 '소리'로 구분할 줄 알았다. 탄지로의 '냄새'와 똑같았다.

그런 그가 탄지로의 '소리'가 이상하다고 했다.

탄지로가 당황해서 아무 말도 못 하고 있자,

"…다 알아."

라며 굳이 말할 필요도 없다는 듯이 젠이츠가 전에 없이 진지한 표정으로 속삭였다.

"네즈코 때문이지?"

"!!"

순간 심장이 펄떡 튀어 올랐다.

바로 대답하지 못한 탄지로를 앞에 두고 젠이츠가 연신 고개를 끄덕였다.

자기는 뭐든지 다 안다는 얼굴로,

"대충 네즈코가 시집가는 날을 상상하고 풀이 죽은 거지?"

"…어?"

"하지만 말이야, 탄지로. 그럼 못써. 네즈코를 위해서라도, 네즈코가 결혼하고 싶다는 상대가 나타나면 순순히 축복해 줘야 해."

"……."

젠이츠의 지적은 미묘하게 정답을 빗나갔다.

그의 머릿속에서는 도깨비인 네즈코가 평범하게 결혼해서 평범하게 가정을 꾸릴 것으로 되어 있었다. 애당초 젠이츠는

네즈코가 도깨비라는 사실을 거의 신경 쓰지 않는 경향이 있었다.

진심으로 고마워할 상황이긴 하지만, 조금 달랐다.

근본적으로, 뭔가가 결정적으로 다르다는 느낌이 들었다.

하지만 그 뭔가가 무엇인지 알 수 없었다.

그래서 목에 잔가시가 박힌 것처럼 답답했다.

─응. 뭐랄까, 이상한 '소리'가 나.

─네즈코 때문이지?

무심히 건넨 말에 왜 그렇게까지 놀란 걸까?

어리둥절해하면서 자신의 왼쪽 가슴에 살며시 손을 갖다 댔다. 그곳은 두근… 두근 하고 작은 고동을 새기고 있었다. 그 소리에 가만히 귀를 기울여 봤다.

하지만 탄지로의 귀에 젠이츠가 말하는 '소리'는 들리지 않았다.

'아니, 당연하잖아? 난 젠이츠처럼 귀가 밝지 않으니까….'

도대체 자신이 왜 이러나 싶어서 탄지로가 미간을 찌푸렸다.

탄지로가 그러거나 말거나 젠이츠는 또랑또랑한 목소리로

네즈코가 시집가는 날의 정경을 묘사했고, 이노스케는 이노스케대로 조금 전의 음식들 중 어떤 것이 맛있어 보였는지를 쉴 틈 없이 늘어놨다.

　탄지로가 갑갑한 마음을 주체 못 하고 있을 때,

　"얘, 아카리!"

　라는 앳된 목소리가 들려왔다.

　"당연히 안 되지. 이제 곧 어두워져. 그러다 도깨비에게 잡아먹힌다?"

　"그치만 아카리도 **토요**처럼 마을의 커다란 집으로 시집가고 싶은걸!! 일하기 싫어!!"

　"안 되는 건 안 돼!!"

　"치사해!! 언니 치사해!! 이 쩨쩨한 할망구야!!"

　"뭐라고?! 한 번 더 말해 봐!!"

　소리가 나는 곳을 보자 길가에서 소녀 2명이 다투고 있었다.

　한쪽은 10살 전후, 다른 한 소녀는 7살쯤 됐을까? 인상을 팍 쓰고 볼을 부풀린 얼굴이 깜짝 놀랄 만큼 똑같았다. 아마도

자매이리라.

'토요처럼…이라는 건, 아까 본 신부 말인가?'

탄지로가 다가가자 어린 쪽이 그를 알아채고 더 큰 소녀의 소매를 후다닥 붙잡았다.

"왜 그러니? 뭐 때문에 말다툼을 벌이는 거야?"

소녀들이 겁먹지 않도록 그들 앞에 웅크리고 앉아서 물었다.

나이가 많은 쪽 소녀가 재빠르게 탄지로를 훑어보더니 "도깨비 사냥꾼이세요?"라고 반문했다.

"히사 씨 댁에 머물고 계신다던."

"응. 나는 탄지로야. 너희는 자매니?"

"네. 제가 언니인 **아카네**고, 제 동생 **아카리**예요."

언니가 자기소개를 하자 아카리는 부끄럼을 타는지 언니 등 뒤로 쏙 숨어 버렸다. 그러고는 얼굴만 빼꼼 내밀고 탄지로를 힐끔 쳐다본 다음 다시 숙 하고 숨었다.

어린아이다운 그 행동에 탄지로의 입가에 저절로 미소가 번졌다.

'로쿠타도 이랬지.'

아니, 시게루와 하나코, 타케오… 그리고 네즈쿠에게도 이런 시절이 있었다.

탄지로가 숙연한 마음으로 지난날을 떠올리면서,

"토요 씨라면 이번에 다른 마을로 시집가는 분?"

이라고 자매에게 물었다.

"네."

"있잖아, 토요는 **꽈리덩굴**을 찾아냈어."

다시 언니의 옆구리에서 얼굴을 내민 아카리가 끼어들었다.

"…꽈리덩굴?"

탄지로가 고개를 갸웃거렸다. 산에서 자란 그도 처음 듣는 이름이었다.

"그건 식물 종류니?"

"응. 꽃 이름이야."

아카리는 고개를 끄덕인 후 자그마한 손가락으로 근처에 보이는 산 중 하나를 가리켰다.

"저 산에서 자라. 그걸 가지고 있으면 **꼬까말**을 탈 수 있대."

"꼬까말? 아, 꽃가마 말이구나."

"그래서 토요는 부잣집에 시집간 거야."

의기양양하게 말하는 소녀 옆에서,

"그냥 전설일 뿐이에요."

아카네가 곤란한 표정을 지었다.

"이 마을에 옛날부터 전해져 내려오는 이야기예요. '초승달이 뜨는 밤에만 피는 그 꽃을 늘 지니고 다니면 사랑하는 사람과 결혼해서 누구보다도 행복해질 수 있다'는…. 토요 씨는 굉장히 좋은 인연을 만났기 때문에 틀림없이 꽈리덩굴을 찾아낸거라고 마을 어르신들이 하시는 이야기를 이 아이가 듣는 바람에…."

"그렇구나."

사정을 파악한 탄지로가 주먹을 쥔 손으로 다른 손 손바닥을 탁 두드렸다.

"오늘은 초승달이 뜨니까…."

"…네."

아카네가 난처해 죽겠다는 얼굴로 끄덕였다.

"지금부터 따러 가겠다고 고집을 피우네요…. 환상의 꽃이라고 하는데도."

그래서 말다툼을 벌였구나.

대수롭지 않은 원인이었지만, 벌써 해 질 녘이었다. 곧 어둠이 드리우면 도깨비가 출몰하기 시작한다. 언니인 아카네가 걱정하는 게 당연했다.

탄지로가 상체를 숙여서 언니의 등에 찰싹 달라붙은 아카리를 바라봤다.

"하지만 한밤중의 산은 위험해."

"아카리는 이제 6살이야."

단발머리 소녀는 딱 봐도 고집이 센 얼굴로 그렇게 대답했다.

탄지로는 내심 웃음이 터질 뻔했지만, 겉으로는 지극히 진지한 표정으로 소녀를 타일렀다.

"어른이 가도 위험하단다."

"도깨비가 있으니까?"

"응."

"흐음…. 도깨비는 무서워?"

"응. 아주 무서워."

탄지로가 짐짓 심각하게 고개를 끄덕이자, 아카리는 잠시 생각에 잠겼으나,

"알았어."

라며 마지못해 납득했다. "산에는 안 갈게."

그 말을 들은 아카네가 안심한 기색으로,

"고맙습니다. 덕분에 살았어요."

라고 꾸벅 인사한 다음, "자, 집에 가자."라며 동생의 팔을 잡아당겼다.

탄지로가 두 사람의 뒷모습을 배웅하고 있자,

"탄지로, 무슨 일이야? 방금 그 애들이 뭐래?"

라고 물으며 젠이츠가 다가왔다. 그 뒤로 이노스케의 모습도 보였다.

"뭐 특별한 얘기라도 들었어?"

"으응….'

탄지로가 지금 막 들은 전설을 두 사람에게 들려주자,

"캑, 시시해. 꼬맹이가 지껄인 헛소리일 뿐이잖아."

이노스케는 관심이 눈곱만큼도 없는 것 같았지만, 그에 반해 젠이츠는,

"헤에~ 그런 꽃이 다 있다고?"

라며 흥미진진한 듯이 중얼거렸다.

"사랑하는 사람과 결혼해서 누구보다도 행복해질 수 있다라는 대목이 좋아, 그치? 뭐, 그 결과 꽃가마를 탄다는 건 비약이 너무 심하지만 말이야."

"어디까지나 전설이야, 젠이츠."

그가 평소에 얼마나 결혼에 목숨을 거는지 떠올린 탄지로가

냉철하게 못을 박았다.

뭐니 뭐니 해도 길에서 처음 만난 소녀에게 울고 불며 구혼하던 남자였다.

"아카네가 그랬어, 환상의 꽃이라고."

"그야 그렇겠지만, 여자들은 원래 그런 연애에 관한 환상적인 전설에 약한 법이야."

"! 그래?"

"응. 부적도 좋아하잖아? 꽃점 같은 것도. 초승달 뜨는 밤에만 피는 꽃이라는 점도 여자들이 매우 좋아할 요소고. …그러고 보니 초승달이 뜨는 밤에 비는 소원은 이루어진다는 말이 있으니까, 거기서 따온 건지도 모르겠다…. 그렇다면 혹시나, 혹시나 말이야. 전설도 완전히 허무맹랑한 이야기가 아닌 경우가 많고…."

젠이츠가 유식한 척을 하면서 정말로 그런 꽃이 있을지도 모른다고 했다.

"젠이츠, 너 되게 잘 아는구나."

의외로 날카로운 견해를 탄지로가 칭찬하자,

"에이, 야! 칭찬해 봤자 아무것도 안 나와!!"

새빨개진 젠이츠가 쑥스러워하면서 "우후훗!" 하고 음침한

웃음을 흘렸다.

잘 생각해 보면 여자와의 대화 중 환심을 사기 위한다는 엉큼한 목적으로 그런 지식에 소상한지도 모르겠지만, 탄지로는 순수하게 감탄했다.

'그런가. 여자는 그런 걸 좋아하는구나.'

그렇다면….

'네즈코도…?'

등에 닿는 안개구름 삼목의 딱딱한 감촉을 느끼며 탄지로가 두 눈을 가늘게 떴다.

방금 전에 보고 온 토요의 사랑스러운 신부 의상 차림이 네즈코와 겹쳐졌다.

검은색 예복을 입은 누이동생이 미소 짓는다.

기쁜 듯이.

무척 행복한 듯이.

그런 상상을 하자 머릿속에 끼어 있던 안개가 싹 걷혔다.

'…그랬구나….'

답답함의 원인을 마침내 깨달았다.

"야, 너희! 그딴 건 됐고 빨리 할망구네 집으로 돌아가지! 할망구가 밀가루를 입혀 만든 그걸 튀겨 놓고 기다릴 테니까!!"

배에서 우렁차게 꼬르륵거리는 소리를 낸 이노스케가 탄지로를 닦달했다. 괜히 잔치 음식을 떠올려서 시장기가 돌았으리라.

"자, 꾸물대지 마!!"

"근데 너, 그렇게 먹고 또 먹는다고?"

대체 얼마나 더 먹을 생각이냐며 질색한 젠이츠가 제자리에 멈춰 서 있는 탄지로를 돌아봤다.

"뭐 하고 있어? 어서 가자."

"……."

"탄지로?"

탄지로는 잠시 망설인 뒤에,

"미안. 볼일이 있으니까 너희 둘은 먼저 돌아가 줘."

두 사람에게 그렇게 말한 후 설레는 마음으로 아카네와 아카리의 뒤를 쫓았다.

"아… 찾았다! 저기 있어."

헤어지고 시간이 조금 지난 터라 쫓아갈 수 있을지 걱정했지만, 상대는 어린 소녀 둘이었다. 탄지로의 뛰어난 후각도 빛

을 발해서 금세 따라잡았다.

노을 속에서 자그마한 그림자 둘이 사이좋게 손을 잡고 있었다.

"아카네, 아카리! 잠깐 기다려 줘."

"?"

소리치자 언니와 동생이 꼭 닮은 얼굴로 돌아봤다.

두 사람 모두 의아한 표정이었다.

"도깨비 사냥꾼 오빠?"

"무슨 일 있으세요?"

"꽈리덩굴에 대해서 더 자세히 알려 줬으면 해."

탄지로가 말하자 어린 자매는 제각각 휘둥그레진 눈을 깜빡였다.

그날 밤.

"우후후… 어? 그래? 그렇지 않…. 우후훗…! 새근새근… 어? 에헤헤헤…. 어휴, 네즈코도 참… 쿨쿨…."

젠이츠가 참으로 행복한 꿈을 꾸고 있는데, 누군가가 이불 밖으로 나온 어깨를 세차게 흔들었다.

"…으으~… 시끄러워…. 음냐…. 지금 딱 좋은 대목이니까… 방해하지 마… 이노스케… 쿨…. 우후후… 그렇지 않다니까…. 음냐음냐…. 네즈코는 정말 귀엽다… 쿠후훗."

"……."

거슬리는 팔을 뿌리치려고 홱 돌아눕자, 그 누군가가 이번에는 이마를 찰싹찰싹 때렸다. 여전히 꿈속인 젠이츠가 미간을 팍 찌푸렸다.

"음~… 뭐야…? 이번에는 탄지로~? 지금 네즈코랑 사랑을 속삭이는 중이니까 분위기 파악 좀 해…. 새근새근… 있잖아, 네즈코…."

찰싹찰싹찰싹.

"난 있지, 처음 만난 순간부터 네즈코 널…. 우훗… 우후

후… 그래… 정말이라니까…. 커허…. 그치? 우리는 맺어질 운명이야…. 쿨쿨….”

찰싹찰싹찰싹찰싹찰싹찰싹찰싹찰싹.

“아오!! 진짜! 시끄럽다고 하잖아!! 아까부터 찰싹찰싹찰싹 찰싹!! 뭐야?! 대체 왜 그러냐고!! 일부러 괴롭히는 거야?! 너희, 나한테 무슨 원수를 졌길래….”

마침내 눈을 뜬 젠이츠가 끈질기게 자신을 때리는 상대에게 버럭 화를 냈다.

그러나….

“?!”

어둠 속에서 자신을 들여다보는 상대가 이노스케도 탄지로도 아닌, 상자에서 나온 네즈코임을 안 순간, 모든 분노는 흔적도 없이 날아가 버렸다.

“네, 네, 네즈코? 어… 어, 어, 어쩐 일이야? 이이, 이렇게 늦은 시간에….”

말 그대로 자리에서 펄쩍 튀어 오른 젠이츠가 당황해서 삶은 문어처럼 벌게진 얼굴로 물었다.

"설마 날 만나러 온 거니?! 아니다, 그럴 리는 없겠지⋯? 아, 아하하⋯. 아, 혹시 이노스케의 코 고는 소리가 시끄러웠어?! 하하하⋯. 그 녀석, 정말 엄청나지?"

그러자 네즈코가 고개를 도리도리 가로저었다. 윤기 나는 검은 머리카락이 찰랑찰랑 흔들렸다.

"어? 아, 아냐? 설마 나?! 나였어?! 내 코 고는 소리가 시끄러웠던 거야?! 혹시 이를 갈기라도 했나?! 미안해!!"

젠이츠가 양손을 허공에 대고 휘저으면서 허둥지둥 사과하자 네즈코는 다시 고개를 젓고는 안달이 난 듯이 "우⋯." 하고 젠이츠의 옆에 깔린 이부자리를 가리켰다.

그 모습에 젠이츠가 부자연스러운 양손의 움직임을 멈췄다.

"어? 뭐야, 탄지로가 왜?"

이부자리를 쳐다본 젠이츠가 "어라?" 하고 한쪽 눈썹을 치켜 올렸다.

탄지로가 잠들어 있었을 이부자리는 텅 비어 있었다.

참고로 반대편 이부자리에서는 이노스케가 콧물 방울을 부풀리며 세상모르게 자고 있었다.

네즈코가 불안한 듯이 주위를 둘러봤다.

그 동작을 보고 젠이츠는 납득했다. 탄지로를 찾는 것이었다.

아마도 밤이 되어 상자 밖으로 나온 네즈코가 오빠의 모습이 보이지 않자, 걱정돼서 젠이츠를 흔들어 깨웠으리라.

'아~ 네즈코도 참, 너무 귀여워⋯. 오빠를 정말로 많이 좋아하는구나⋯. 아아⋯ 부럽다~ 탄지로⋯. 그치만 이노스케가 아니라 나한테 도움을 청해 줬단 말이지⋯. 아아, 네즈코. 진짜 좋아해~'

가슴 깊은 곳이 찡해진 젠이츠가,

"분명 화장실이라도 갔을 거야. 금방 돌아와."

배시시 풀린 얼굴로 그렇게 타이르자,

"우우!!"

네즈코는 어째선지 화난 얼굴로 고개를 절레절레 저었다.

"우!"

"?"

네즈코의 분위기가 심상치 않음을 느낀 젠이츠가 탄지로의 이불을 걷어서 요를 만져 봤다.

"어⋯?"

차가웠다. 서늘한 감촉이 느껴지자 젠이츠의 얼굴에서 홍조가 사라졌다.

방금 전까지 여기에 사람이 누워서 잤다고는 도저히 상상할 수 없는 차가움이었다.

방 안을 둘러보니 탄지로의 대원복과 일륜도가 사라졌고, 그 대신 지금까지 입었던 옷이 가지런히 개여서 놓여 있었다.

"? 어디 간 거지? 탄지로…?!"

아무래도 걱정이 된 젠이츠가 마당으로 통하는 장지문을 드르륵 열었다.

바깥은 어두웠고, 그만큼 별이 아름답게 반짝였다.

"그런가… 오늘은 초승달이 뜨는 날이지."

그때 문득, 낮에 있었던 일이 머릿속을 스쳤다.

신부를 보고 나서부터 평소와 달랐던 탄지로의 '소리'.

좋아하는 사람과 결혼할 수 있고, 누구보다도 행복해질 수 있다는 꽈리덩굴.

네즈코의 이름을 꺼낸 순간 탄지로의 심장이 빠르게 뛰는 걸 알 수 있었다.

볼일이 있다며 소녀들의 뒤를 쫓아간 탄지로의 등에서 흔들

리던 나무 상자….

젠이츠가 네즈코를 돌아봤다.

"그 녀석, 설마…."

탄지로가 이 세상에서 무엇보다도, 분명 자기 자신보다도 소중히 여기는 소녀는 미간을 팍 찡그린 채로 오빠의 이불을 꼭 쥐고 있었다.

눈에 비치는 것은 그야말로 밤하늘을 가득 메운 별들이었다.

"…윽… 으으…."

탄지로는 축축한 흙바닥에 쓰러져 있었다.
그가 떨어진 것으로 추측되는 벼랑은 의외로 높았다.

어쩌다 떨어진 지점이 푹신한 부엽토였던 덕분에 살았지만, 잠시 정신을 잃었던 모양이다.

"…윽…!"

몸을 일으키려다 작은 신음을 흘렸다.

온몸이 아팠다.

특히 갈비뼈는 아직 완치가 덜 됐던 만큼, 만약 또 부러지기라도 했다면 너무나 한심한 일이었다.

헌신적으로 간병해 준 히사에게도 면목이 없었다.

'…설마 벼랑에서 떨어질 줄이야.'

자신의 단련 부족을 부끄러워하면서 가능한 한 조심스럽게 일어났다. 둔탁한 통증은 여전했지만, 보아하니 부러지지는 않은 듯했다.

안도의 한숨을 내쉰 그때, 나뭇가지가 바스락 소리를 냈다.

그 안쪽에서 탄지로가 벼랑에서 떨어진 원인이 나타났다.

그걸 보자 경직됐던 탄지로의 얼굴이 사르르 풀어졌다.

"무사했구나. 다행이다."

인간 어른만 한 크기의 멧돼지는 훅훅 콧소리를 내고는 탄지로를 뚫어져라 쏘아봤다.

"다음부터는 조심해야 한다?"

탄지로가 웃는 얼굴로 그렇게 말하자 멧돼지는 다시 한번 훅훅 콧소리를 냈다.

지금부터 몇 각(刻) 전.

꽈리덩굴을 찾기 위해 의기양양하게 산에 들어온 것까지는 좋았으나 한밤중의 산에서 꽃을 찾는 작업은 예상보다 어려웠다.

산에서 자랐다고는 하나, 이곳은 탄지로가 자란 산이 아니었다.

생소한 산길을, 정말로 존재하는지 어떤지도 모르는 꽃을 찾으며 걷기란 상상한 것 이상으로 끈기를 요했다.

무엇보다도 아카네와 아카리에게는 그림에 소질이 영 없다고 해도 좋을 정도라서 그녀들이 열심히 그려 준 그림은 하나도 도움이 안 됐다. …그래도.

"잎사귀는 아주 선명한 초록색이고, 가장자리는 톱날처럼 뾰족뾰족하대요."

"꽃잎은 5장이라고 들었어. 이런 식으로 탐스럽게 생겼대. 이것 봐 봐. 이런 모양이야. 아니, 아냐, 아냐. 이거야, 이렇다니까? 어우, 진짜 못그리네~"

"꽃의 색깔은 주홍색이 대부분이라고 해요. 드물게 빨간색이나 흰색인 것도 있다고 하지만…. 그 밖의 특징이라면… 아, 그러고 보니 꽃잎 한 장, 한 장이 멧돼지 눈 같은 모양이라는 얘기를 들은 적 있어요. 그게 굉장히 가련하게 생겼다더군요. 향기요? 향기까지는…."

잎사귀의 모양과 꽃잎의 수, 색깔 등 말로 알려 준 몇 안 되는 단서를 바탕으로 산속 구석구석을 꼼꼼히 살피던 탄지로 앞에 수풀 안쪽에서 멧돼지 한 마리가 얼굴을 내밀었다.

이노스케를 많이 닮은 그 멧돼지의 숨결은 거칠었고 온몸에서 분노의 냄새가 났다.

자세히 보니 다리 위쪽에 생긴 지 얼마 안 된 상처가 있었다. 상당히 깊은 부상이었다. 그래서 신경이 곤두섰으리라.

"다리를 다쳤니? 자, 보여 줘 봐. 괜찮으니까…. 아앗, 안 돼. 그렇게 마구 움직이면 상처가…!! 위험…."

날뛰는 멧돼지를 진정시키는 와중에 멧돼지가 벼랑에서 떨

어지려 하자 재빨리 자신의 몸을 던져서 지켜 낸 것이다.

　그리고 지금에 이른다.

　"웃차. 이거면 됐어. 앞으로는 조심하기다?"

　얌전해진 멧돼지의 상처를 간단히 치료해 준 탄지로가 빙긋 미소 지었다.

　보면 볼수록 이노스케를 쏙 빼닮았다.

　"그럼, 나는 꽈리덩굴을 찾아야 하니까 가 볼게. 건강히 잘 지내렴."

　그렇게 말하고 떠나려 하자 멧돼지가 탄지로의 겉옷 소매를 덥석 물었다.

　"으앗! 왜 그래? 배고파? 하지만 이건 옷이라서 먹으면 안 돼."

　"으릉!"

　멧돼지가 낮게 으르렁대면서 탄지로의 겉옷을 잡아당겼다.

　"어? 따라오라고?"

　"으릉!!"

"좋아, 알았어."

단번에 멧돼지와 마음이 통한 탄지로가 고개를 끄덕였다.

멧돼지가 꼭 자기한테 맡기라는 듯 걷기 시작했기에 그 뒤를 따랐다.

꽤 걸어가자 울창한 수풀 안쪽으로 작은 동굴이 보였다.

"⋯아."

그 동굴 옆에 주홍색 꽃이 피어 있었다.

그걸 보고 탄지로는 두 눈을 부릅떴다.

아주 선명한 초록색 잎사귀, 봉긋하게 피어난 꽃잎 5장은 모두 멧돼지 눈 같은 모양이었다.

탄지로의 목에서 작은 감탄이 새어 나왔다.

"꽈리⋯ 덩굴⋯?"

밤이슬에 젖은 꽃잎은 무척이나 가련했고, 마치 별 가루를 흩뿌린 것처럼 반짝반짝 빛나고 있었다.

하룻밤 사이에 가족을 빼앗긴 그때.

그나마 네즈코만은 아직 숨이 붙어 있음을 알고 얼마나 안도했던가.

얼마나 기쁘고, 얼마나 가슴이 벅찼던가.

어쩌면 네즈코는 야무지지 못한 오빠가 혼자 남지 않도록 도깨비로 변해서까지 살아남아 줬는지도 모른다.

문득 그런 생각이 들자, 울음을 터트리고 싶을 정도의 사랑스러움과 연민의 정을 누이동생에게 느꼈다.

어릴 적부터 꾹꾹 참기만 했던 네즈코.

슬플 정도로 다정한 네즈코.

더는 너에게서 무엇 하나 앗아 가게 하지 않겠다고 맹세할게.

더는 그 누구도 널 상처 입히게 놔두지 않아.

오빠가 반드시 널 행복하게 만들어 줄 테니까.

다른 식구들에게 해 주지 못한 만큼, 전부 너에게….

"…어라? 다들… 벌써 일어났나?"

히사의 집으로 돌아오자 탄지로 일행이 묵는 방이 유난히 소란스러웠다.

심야인데도 등불이 켜져 있고, 복도 끝까지 말소리가 새어 나왔다.

"그러니까, 탄지로 그 멍청이가 꽃을 찾으러 산에 들어갔다고! 그래, 이 한밤중에. 도깨비가 나오면 위험하잖아? 찾으러 갈 거니까 너도 따라오라고 하는 거야, 나는."

"뭐? 왜 이 몸이 이렇게 늦은 밤에 콘지로를 찾으러 가야 하는데? 너 혼자 가면 될 거 아냐?"

"한밤중의 산속은 무섭잖아!! 혼자서 가긴 무섭잖아!!"

"쳇… 이 겁쟁이. 애초에 멍청이 탄고로는 왜 산에 들어간 거야?"

"몇 번을 말해, 꽃을 찾으러 갔다니까?! 사람 말을 좀 들어!"

"꽃~? 멍청이 톤타로는 왜 굳이 꽃 같은 걸 따러 갔대? 꼭

계집애 같은 녀석이구먼…"

"아마 꽈리덩굴 이야기를 듣고 네즈코에게 줘야겠다고 생각했겠지. 그 멍청이 탄지로."

"꼬리둥글이 뭔데? 먹을 거냐?"

"**꽈리덩굴**이야! 낮에 마을 여자애들이 얘기했잖아. 이노스케 너도 옆에서 들었으면서! 우걱우걱, 우걱우걱, 떡을 먹으면서 말이야. 잊었어?"

"떡은 기억해. 맛있었어."

"멍청이! 멍청이 이노스케!! 어휴, 죄다 멍청이들뿐이야!!"

"뭐라고?!"

'멍청이 소리가 대체 몇 번이나 나온 거지…? 그리고 이노스케는 매번 내 이름을 다르게 부르네….'

꿀꺽 하고 침을 삼킨 탄지로가 조심스레 장지문을 열었다. "…다녀왔어."

…그러자 방 안에서는 이노스케가 젠이츠의 목을 세게 조르고 있었다.

"?! 우와악!!! 뭐 하는 거야! 그만해, 이노스케!!"

서둘러 두 사람 사이를 비집고 들어갔다.

"젠이츠를 놔줘, 이노스케."

"시끄러워 톤지로!! 이 자식이 이 몸을 바보 취급 했다고!! 콱 죽여 버려야 내 성질이 풀려!!"

"대원들끼리 싸우는 건 금기사항이라고 내가 항상 말하잖아?! 지금 당장 손을 놔!!"

큰 소리로 꾸짖어서 겨우 두 사람을 떼어 놨다.

"켁!"

"으윽… 탄지로~"

혀를 차는 이노스케와 울며 달라붙는 젠이츠를 달래면서,

"…그런데 네즈코는? 상자 안에 있나?"

라고 묻자, 탄지로의 이불 안에서 누이동생이 꼬물꼬물 얼굴을 내밀었다.

"……."

"뭐야, 그런 곳에 있었니?"

탄지로가 환한 얼굴로 대원복 안주머니에 소중히 넣어 놨던 꽃을 서둘러 꺼냈다. 꽃은 살짝 휘었지만 아직 시들지는 않았다.

반짝반짝 빛나듯이 아름다운 그것을 오른손에 쥐고 누이동생 앞에 조심스레 들이밀었다.

"여기, 선물이야. 꽈리덩굴이래."

"……."

"이걸 지니고 있으면 좋아하는 사람과 결혼하고, 누구보다도 행복해질 수 있어."

탄지로가 싱글벙글 웃으며 말했다.

그러나 아무리 기다려도 누이동생은 손을 내밀지 않았다.

"?"

어쩐지 기운도 없어 보였다.

어쩌면 자신이 갑자기 사라지는 바람에 괜한 걱정을 끼쳤는지도 모른다. 그렇다면 너무 미안한 짓을 해 버렸다.

탄지로가 한층 더 부드러운 목소리로 말을 걸었다.

"걱정 끼쳐서 미안해. 이 꽃, 참 예쁘지?"

"……."

네즈코는 꽃을 바라보더니 탄지로의 손에서 그걸 건네받아 자신의 머리카락에 꽂았다.

탄지로가 웃는 것을 보자 자신도 똑같이 빙그레 웃었다.

그리고 자신의 머리카락에서 꽃을 떼어 이번에는 탄지로에게 달아 줬다.

"…응? 아니, 네즈코. 아니야, 아니야. 난 필요 없어. 네가…"

탄지로가 그렇게 말하자 네즈코의 얼굴에서 웃음기가 사라지고 눈썹은 팔자(八字)로 축 늘어지고 말았다.

'아….'

깊이 슬퍼하는 것처럼 보이기도 하는 그 눈은 예전에 언젠가 본 적이 있는 것 같았다.

누이동생이 오빠를 물끄러미 쳐다봤다.

책망하는 듯한.

어딘가 가엾이 여기는 듯한 '냄새'가 났다.

"…미안."

어찌 하지도 못한 채 자신도 그 눈을 바라보고 있을 때였다.

"사과하지 마, 오빠. 왜 항상 사과만 해?"

탄지로는 헉 하고 숨을 삼켰다.

어떤 상황이었는지는 잊었지만, 그때, 누이동생은 웬일로 화를 냈다.

웬만해선 보이지 않는 험악한 얼굴로 오빠를 쏘아봤다.

그것은 그래, 추운 날이었다.
몸의 중심까지 얼어붙을 듯이 차가운 눈이 내렸다.
분명 아버지가 돌아가시고 얼마 지나지 않았을 때였다.

"가난하면 불행한 거야? 고운 옷을 못 입으면 불쌍한 거야?"

누이동생은 그렇게 말하고 오빠를 똑바로 노려봤다. 분노와
초조함 이상으로 슬픈 '냄새'가 났다.

"최선을 다해 노력해도 안 되는 걸 어떡해. 인간이니까 누구
나…. 뭐든지 뜻대로 다 되는 건 아니야."

기억 속의 네즈코가 지금의 네즈코와 겹쳐진다.
깊은 슬픔을 띄운 누이동생의 눈동자에 가슴이 욱신거렸다.

아니야.
그게 아냐, 네즈코.

'나는 그저… 널 행복하게 해 주고 싶어서… 그래서….'

"행복한지 어떤지는 스스로 정하는 거야. 중요한 건 '지금'이라고."

"!!"

일찍이 누이동생에게 들었던 말이 귓가에 다시 맴돈다. 그 순간 머리를 있는 힘껏 얻어맞은 것 같은 느낌이 들었다.

그렇다….

집이 가난한 것을, 고운 옷을 입혀 주지 못하는 것을, 매일 뼈 빠지게 일만 하는 것을, 사랑하는 아버지가 돌아가시고 만 것을, 아래 동생들을 위해 묵묵히 참게만 하는 것을 자꾸 사과하는 오빠에게 누이동생은 그렇게 말했다.

더 이상은 사과하지 말라고.

"오빠라면 이해해 줘. 내 마음 좀 이해해 줘."

'아아….'

같은 마음이구나.

네즈코도 자신과.

무슨 짓을 해서라도 네즈코를 인간으로 되돌려 주고 싶다.

가능하면 저 나이대 소녀답게 화사하고 즐거운 매일을 보내게 해 주고 싶다.

바라건대, 좋아하는 남성과 부부의 연을 맺게 해 주고 싶다.

누구보다도 행복해졌으면 한다….

그리 생각하지 않는 날이 없다.

하지만 그건 네즈코도 같은 마음이구나.

탄지로가 누이동생을 아끼듯이, 네즈코도 오빠를 아낀다.

그래서 행복해질 수 있는 꽃을 탄지로에게도 준 것이다.

지금 살아 있고, 앞으로의 미래가 있는 네즈코는 불행한 아이가 아니었다.

가족이 참혹하게 살해당하고 도깨비로 변해서 아직도 괴롭고 힘든 상황이기는 하나, 큰 어르신에게 귀살대로서 인정받았고, 소중히 여겨 주는 동료가 있고, 도깨비라는 사실조차 개

의치 않고 애정을 표현해 주는 남자가 있다.

　그런 누이동생의 행복한 미래를 위해서 자신은 싸우는 것이다.

　탄지로가 누이동생의 몸을 끌어당겨서 살며시 껴안았다.

"고마워. 네즈코⋯."

네즈코 역시 오빠에게 꼭 달라붙었다.

　그 확실한 무게와 온기에 탄지로의 두 눈에서 눈물이 절로 흘러넘쳤다.

　탄지로가 말없이 한참 동안 누이동생을 끌어안고 있자,

"야⋯."

이노스케가 상당히 신기하다는 표정으로 질문을 던졌다.

"왜 우냐? 어디 아파?"

　그러자 덩달아 훌쩍이던 젠이츠가,

"이노스케."

라고 작은 목소리로 나무랐다.

"넌 분위기 파악도 못 해? 파악 못 하면 최소한 가만히나 있어."

"그래서? 소이치로 넌 왜 이 밤중에 산에 올라갔다 온 거야?"

"너… 아까 내가 한 얘기 하나도 안 들었어? 꽈리덩굴을 꺾어 오기 위해서 다녀온 거잖아."

"봐, 저거야."라며 젠이츠가 여전히 탄지로의 머리에 꽂혀 있는 꽃을 가리켰다.

심드렁하게 꽃을 슬쩍 본 이노스케가,

"그치만 저건 꽈리덩굴이라는 꽃이 아닌데?"

라고 말했다.

너무나도 무심한 그 말투에,

""…뭐…?""

황당함이 담긴 반문이 마치 약속이라도 한 듯이 탄지로와 젠이츠의 입에서 동시에 튀어나왔다.

"…어제는 그 뭐냐, 여러모로 아쉬웠지?"

다음 날 아침, 탄지로가 멍하니 평상에 앉아 햇볕을 쬐고 있자 젠이츠가 조심스레 말을 걸었다.

마당 한가운데에서는 이노스케가 "저돌맹진!!"이라고 외치면서 맹렬한 달리기 연습 중이었다.

탄지로의 옆에는 네즈코가 들어간 나무 상자가 있었다.

결국 어젯밤에 탄지로가 따 온 꽃은 '꽈리덩굴'이 아니라 '멧돼지눈물'이라는 꽃이었다.

꽃잎 부분이 아주 달콤해서 대체로 동물들에게 금방 먹혀 버리지만, 어째선지 멧돼지만은 먹지 않기 때문에 멧돼지의 보금자리 근처에는 제법 피어 있다고 한다.

즉, 어젯밤에 만난 멧돼지는 탄지로와 마음이 통한 게 아니라, 목숨을 구해 주고 상처를 치료해 준 보답으로 자신의 보금자리로 초대한 것이리라.

참고로 초승달이 뜨는 밤뿐만이 아니라 보름밤에도 피어나

거니와 아침이나 낮에도 평범하게 핀다는 모양이다.

 "내가 여자들은 좋아한다느니, 정말로 존재할지도 모른다는 소리를 해 버린 탓이지? 뭐랄까, 미안했어."

 "…아냐, 내가 멋대로 벌인 일이야. 젠이츠 넌 아무 잘못 없어."

 탄지로가 웃는 얼굴로 고개를 저었다.

 "어제, 네가 그랬잖아? 내 '소리'가 이상하다고."

 "어? 아, 으응…. 그게 왜?"

 "나 자신도 그때는 잘 몰랐는데, 행복해 보이는 토요 씨를… 아름다운 새 신부를 보니까 햇볕도 쬐지 못하는 네즈코가 너무 가엾어서 그랬나 봐…."

 고운 옷을 입혀 주지 못하는 것도.

 밝은 햇살 아래서 지내게 해 주지 못하는 것도.

 피비린내 나는 싸움에 끌어들이고, 상처 입히고, 그 나이대 소녀다운 기쁨을 무엇 하나 느끼게 해 주지 못하는 것도.

 그 모든 것이 미안해서, 견딜 수 없어서, 어찌하면 좋을지 몰랐다.

"하지만 네즈코는….."

"……"

네즈코는 자신을 불행하다며 연민하는 아이가 아니다.

인간이었던 시절과 똑같이 '지금'을 열심히 살아가려 한다.

무엇보다도 네즈코의 '행복'은 네즈코 자신이 결정할 일이다.

그것은 사랑하는 사람과 결혼해서 평생을 해로하는 것일 수도 있고, 아닐 수도 있다.

어느 쪽이든 오빠인 자신이 독단으로 밀어붙일 일은 결코 아니었다.

그런데 누이동생의 '지금'을 불행하다고 단정하고, 측은해하고, '행복'을 억지로 쥐어 주려 했다….

"내가 해야 할 일은 키부츠지 무잔을 쓰러트리고 한시라도 빨리 네즈코를 인간으로 돌려놓는 것, 가족의 원수를 갚는 거야."

"탄지로…."

탄지로가 정면을 똑바로 응시하며 말하자 코를 훌쩍인 젠이츠가,

"…나도 힘낼게."

라고 중얼거렸다.

"너무 무섭지만… 솔직히 말해서 도움이 전혀 안 되고, 약하고, 금방 죽어 버리겠지만…. 기대 같은 건 하나도 안 해 줬으면 좋겠지만…. 나도 가능한 범위에서 최선을 다할 테니까."

"젠이츠…."

"정말로, 기대는 절대로 안 해 줬으면 좋겠지만."

두 번이나 말할 정도로 자신이 없는 것이겠지.

그래도 그의 다정한 마음이 기뻤다.

"이봐!! 너희도 피 토할 때까지 달리기 연습해!!"

숙연한 분위기를 날려 버리듯이 이노스케가 마당을 넘어서 온 마을에 쩌렁쩌렁하게 울릴 목소리로 소리쳤다.

"쫄따구 3을 인간으로 되돌리기 위해서 도깨비의 두목을 쓰러트릴 거라며?! 그러면 강해지는 수밖에 없잖아!! 언제까지고 수다만 떨고 있을 거야?! 이 바보지로가!!"

"쫄따구 3이라고?! 너, 네즈코한테 그게 무슨…."

분개하는 젠이츠의 옆에서 탄지로가 웃었다.

"이노스케 말이 맞네."

이노스케의 솔직함이, 망설임 없는 뚝심이 눈부셨다. "…강해져야겠다."

"그치?!"

"무슨 소리야, 탄지로. 그러다 또 갈비뼈 부러진다? 이제야 겨우 다 나으려고 하는데. 그보다 왜 기껏 쉬러 와서 피 토할 때까지 뛰어야 하는데? 근본부터 잘못됐잖아?!"

"어이, 쫄따구들!! 이노스케 님을 따르라!!!"

어이없어서 따지는 젠이츠의 목소리를 이노스케의 우렁찬 목소리가 덮어 버렸다.

그러자 바람을 타고,

"신부 행렬 지나가신다."

라는 마을 젊은이의 굵은 목소리가 들려왔다.

가만히 눈을 감으니.

토요의 풋풋한 새 신부 차림이.

히사의 다정한 미소가.

뺨에 홍조를 띄우고 반짝반짝 빛나는 눈으로 그 광경을 구경하는 아카네와 아카리의 모습이.

눈앞에 보인 것 같았다.

"......."

한 손으로 곁에 놓인 나무 상자를 어루만지자 그에 반응하는 것처럼 상자 안쪽에서 소리가 났다. 자그마한, 그렇지만 무척이나 부드러운 소리였다.

그걸 듣고 미소 지으면서 까마득하게 높은 푸른 하늘을 올려다봤다.

그야말로 구름 한 점 없이 청명한 날씨였다.

제 2 화

누군가를 위하여

"네즈코, 거기 발밑 조심해."

"……."

바닥이 살짝 밑으로 꺼져 있었다. 젠이츠가 손을 내밀자 네즈코가 그 손을 꼭 잡았다.

'우와, 손이 어쩌면 이렇게 보드랍지…? 난 지금 네즈코랑 손을 잡고 있어!! 손잡고 있어~!!! 야호~!!!!!'

촉촉한 피부의 감촉에 젠이츠는 헤벌쭉 웃으면서 차오르는 행복을 음미했다.

낮에 혹독한 전집중의 호흡 상중 특훈을 받은 그에게는 이렇게 달이 뜬 시간에 딱 몇 분, 네즈코와 함께 나가는 밤 산책은 무엇보다도 행복한 시간이었다.

네즈코의 오빠인 탄지로에게도, 저택의 주인인 시노부에게도 허락은 확실히 받아 두었으니 남의 눈치 볼 것 없이 당당하게 밖으로 나섰다.

이 시간만은 세상 모든 것이 빛나 보였다.

밤하늘에 뜬 초승달마저도 자신들을 축복하는 것 같았다.

"이제 곧 꽃이 한가득 핀 곳에 도착할 거야. 다리 아프진 않니? 아. 토끼풀도 잔뜩 있으니까, 그걸로 화관을 만들어 줄게~"

젠이츠가 뺨을 붉히며 말했다.

네즈코는 재갈을 문 얼굴을 들어 젠이츠를 바라본 다음, 모양새 좋은 턱을 당겨서 끄덕였다.

그 사랑스러운 모습에 젠이츠는 '아아… 살아 있길 잘했다.' '그대로 영영 거미로 변하지 않아서 천만다행이야!!'라며 감격했다.

"자, 네즈코. 여기! 여기야!" "!!"

나비 저택에서 그리 멀리 떨어지지 않은 들판에 도착하자 네즈코의 얼굴이 밝아졌다.

수많은 꽃들이 흐드러지게 피어난 벌판은 남자인 젠이츠마저도 황홀해질 정도였다. 한창 감수성 풍부할 나이의 소녀인 네즈코는 두말할 필요도 없으리라.

어슴푸레한 달빛 아래에서 기쁜 듯이 주위를 둘러보는 네즈코의 모습에 젠이츠는 빙그레 미소를 지으면서 약속한 대로 토끼풀을 꺾었다. 가능한 한 많이 꺾어서 화관을 잔뜩 만들어

줘야지.

'난 옛날부터 이것만은 잘 만들었단 말이지….'

네즈코의 반들반들한 검은 머리카락에는 화관이 더할 나위 없이 잘 어울릴 것이다.

'하나는 토끼풀로만 만들고, 나머지는 다른 꽃도 섞어 줄까? 그러면 색깔이 더욱 화사해질 테니까.'

그런 생각을 하면서,

"있잖아, 네즈코. 네즈코는 어떤 꽃을 제일…."

이라고 말을 걸려다 잠시 멈췄다.

"……."

토끼풀밭 한 구석에 가만히 피어 있는 노란 꽃을 본 그 순간, 젠이츠의 안에서 사라졌을 터인 기억이 갑자기 되살아났다.

'저 꽃은….'

아직 탄지로, 이노스케와 만나기 전.

그가 전(前) 주의 밑에서 수행하던 시절의 일이었다.

"좋아…. 겨우 할아버지한테서 도망치는 데 성공했어."

커다란 나무 뒤에 몸을 숨긴 채로 주변을 경계하면서 젠이 츠는 안도의 한숨을 내쉬었다. "할아버지, 무진장 화났겠지~"

살짝 뒤가 켕기긴 하지만, 그 이상은 무리였다.

농담이 아니라 진짜 죽을 것이다.

그의 '육성자'이자 기운이 넘쳐도 너무 넘치는 노사범, 쿠와 지마 지고로는,

"이 정도로는 안 죽어!!"

가 입버릇이었으나 이번에는 정말로 죽을지도 모른다.

번개를 맞아 머리카락이 금색으로 변하는 정도로는 끝나지 않을지도 모른다.

'미안해, 할아버지…. 그치만 난 어차피 이것밖에 안 되는 놈이야…. 나 같은 건 그만 잊어 버리…지 않았으면 좋겠지 만… 가끔씩 떠올려 주면 기쁠지도 모르지만… 정말로 미안 해…. 할아버지는 진짜 좋아했어…. 하지만 더는 한계야.'

젠이츠는 마음속으로 사범에게 사죄하고는 해가 완전히 지

기 전에 산을 내려가려고 발걸음을 서둘렀다. 이미 해가 저물고 있었다.

마을로 내려가면 우선 맛있는 만주를 먹자.

그런 다음 길가를 오가는 여자애들을 마음껏 감상해야지.

심야에 몰래 수련할 일도 없이, 오랜만에 푹 잠들 수 있겠다.

활동사진을 보는 것도 제법 괜찮을 것 같았다.

그런 생각을 하면서 가벼운 발걸음으로 하산하던 젠이츠였지만, 산기슭까지 내려왔을 때쯤 우뚝 멈춰 섰다.

누구보다도 예리한 그의 귀가 여자의 비통한 울음소리를 포착한 것이다.

"큰일이다! 여자애가 울고 있어!!"

마치 다른 사람처럼 늠름한 표정으로 변한 젠이츠가 우거진 나뭇가지를 헤치고, 개울을 뛰어넘고, 벼랑을 내리달려서 울음소리가 나는 곳으로 달려갔다.

새하얀 옷을 입은 소녀가 풀숲에 쭈그리고 앉아서 울고 있었다.

"저어… 괜찮아?! 혹시 어디 아프니?!"

"…힉…."

젠이츠가 말을 걸자 소녀는 어깨를 움찔 떨었다.

매우 조심조심 고개를 돌려서 젠이츠의 모습을 보더니 안심한 듯이 굳은 표정을 풀고 또다시 울기 시작했다.

"…으흑, 으…."

"미, 미안해!! 나 때문에 놀랐구나?! 저기, 너 정말로 괜찮니?! 어디가 아파서 그래?!"

젠이츠가 필사적으로 질문하자 마침내 소녀가 고개를 들었다.

우연히도 눈과 눈이 마주쳤다.

새의 깃털처럼 긴 속눈썹이 눈물로 촉촉하게 젖어 있었다. 그야말로 꽃도 무색할 만큼 가련한 소녀였다.

'하으윽…!!'

젠이츠는 심장을 꿰뚫린 듯한 느낌이 들어서 왼쪽 가슴을 움켜쥐었다.

물론 명중한 것은 사랑의 화살이었다.

부모도 없이, 가족의 온기를 모른 채 살아온 탓일까…? 다른 이들보다 몇 배는 연애나 결혼을 동경하는 그는 지독하게 반하기 쉬운 체질이었다.

이때도 이미 자신의 앞에서 눈물 흘리는 소녀를 사랑하게 된 뒤였다.

어떻게든 그 눈물을 그치게 해 주고 싶어서 어찌할 바를 몰랐다.

"저, 저기 말이야… 호, 혹시 괜찮으면 왜 우는지 나한테 알려 주지 않을래? 내가 도와줄 수 있을지도 모르니까…!!"

"……."

"난 아가츠마 젠이츠야. 이 산의 저기 높은 데서 '육성자' 할아버지한테 검술을 배웠어."

"검…술?"

어디서 온 누군지도 모르는 사람 상대로는 불안할 거라고 판단한 젠이츠가 자기소개를 하자 소녀의 '소리'가 미세하게 변화했다.

그것은 뭔가를 기대하는 듯한 소리였다.

절망밖에 없던 중에 어렴풋한 희망을 찾아냈을 때의 소리.

젠이츠는 그녀에게 자신이 그런 희망이 되었다는 사실이 기뻐서 흥분된 어조로 말했다.

"응? 밑져야 본전이라고 생각하고 한번 얘기해 봐!!"

갑자기 의욕을 불태우며 묻자 소녀는 드디어 울음을 그치고,

"…저는 사유리라고 해요."

떨리는 목소리로 그렇게 말했다.

"이 앞에 있는, 등꽃으로 보호받는 작은 마을에서 어머니와
새아버지, 그리고 새언니 둘과 살고 있어요."

"그래, 사유리라고 하는구나~ 귀여운 이름이네. 그래서?
오늘은 왜 산에 올라왔어? 심지어 산길을 걷기 불편할 것 같
은 복장으로…."

소녀의 이름을 알게 된 게 기뻐서 젠이츠가 양팔을 꼬물꼬
물 흔들며 물으니 소녀가 슬픈 듯이 양 눈썹을 축 늘어뜨렸다.

"실은 며칠 전 밤에 새아버지가 이 산에서 도깨비를 만나셨
는데요…. 간신히 위험에서 벗어나셨지만, 그때 자기 대신 딸
을 바치겠다고 약속해 버리셨어요…."

"에엑?! 도깨비한테?! 사유리를?! 뭐야, 그게?! 너무하지 않
아?! 진짜 너무하지 않아?!"

"어쩔 수 없어요…. 새아버지가 안 계시면 어머니도 새언니
들도 살아가지 못하니까요…."

“…….”

눈을 내리깐 순간, 속눈썹 끝에 맺혔던 눈물이 뺨을 타고 흘러내렸다.

뒤통수에 하나로 높이 묶은 검은 머리카락이 뭐라 형언할 수 없을 만큼 아름다웠다.

너무나 가련한 그 모습에 젠이츠는 무작정 “…내가!”라고 외치고 말았다….

“내가 사유리 대신 도깨비가 있는 곳으로 가서 후딱 퇴치하고 올게! 그러니까 사유리 넌 산기슭에서 기다리고 있어!!”

어두운 산길을 걷는 중인 젠이츠는 무턱대고 그런 말을 내뱉어 버린 것이 벌써부터 후회됐다.

사유리의 대역이 되기 위해서 갈아입은 옷은 쓸데없이 옷자락이 길어서 금방이라도 밟고 넘어질 것 같았고, 등 뒤에 칼을 숨긴 탓에 움직이기가 몹시 불편했다.

무엇보다도 도깨비와 대치하는 게 두려워서 견딜 수 없었다.

'아니, 절대로 무리겠지?'

'도깨비를 혼자서 퇴치하겠다니.'

'후딱은 또 뭔데!! 후딱은!!'

'나한테 그런 일이 가능할 리 없잖아.'

'지금부터라도 할아버지 앞에 머리 박고 빌어서 같이 가 달라고 할까…?'

'하지만 그럴 시간은 없고….'

'아… 죽을 거야… 난 틀림없이 죽어 버릴 거야.'

젠이츠의 이성은 자꾸만 그렇게 소리쳤다.

볼썽사납게 울부짖으면서, 지금 당장이라도 도망치고 싶은 심정이었다.

하지만 한편으로, 그 사랑스러운 소녀의 눈물을 그치게 해 줄 수 있는 사람은 자신밖에 없다는 것 역시 알고 있었다.

'사유리… 굉장히 기뻐했지.'

젠이츠가 도깨비를 해치워 주겠다고 했을 때, 사유리는 눈

물을 뚝뚝 흘리며 쓰러져 울었다.

희망과 기쁨 등의 밝은 소리가 커지는 한편, 죄스러움과 미안함… 그리고 망설임의 소리가 확실하게 섞여 있었다.

아마 일면식도 없는 젠이츠를 위험에 빠트리는 것에 양심의 가책을 느꼈으리라.

몹시 복잡하고 애처로운 소리였다.

'착한 아이구나.'

헤어질 때 부디 무사하기를 빈다면서, 눈물을 흘리며 두 손을 꼭 쥐어 준 사유리의 떨리는 소리를 떠올렸다.

친자식이 아닌 자신을 희생양으로 삼은 새아버지도, 그런 그를 막으려 하지 않은 어머니도 절대 책망하지 않았다.

그런 그녀였기에 더욱, 어떻게든 도와주고 싶다는 간절한 심정이었다.

그러나 소녀를 향한 사모의 마음과 의협심으로도 도깨비를 향한 공포는 어찌할 도리가 없었다. 도깨비가 새아버지에게 지정했다는 장소로 향하면서 젠이츠는 몇 번이나 도망치려 했고, 그때마다 겨우겨우 충동을 꾹 참아냈다.

밤하늘에는 가느다란 초승달이 떠 있었다.

나뭇가지 사이로 그 달을 올려다보며,

'제발 덩치가 작은, 약해 보이는 도깨비이기를!!'

그렇게 생각할 때에….

…도깨비의 소리가 들렸다.

"히익…."

무심코 흘릴 뻔한 비명을 양손으로 입을 막아 꾹 눌러 삼켰다.

입맛을 쩝쩝 다시며 아름다운 소녀가 찾아오기를, 그 연한 육체를 먹어치우기를 기다리는 소리가 들렸다. 탐욕스럽고 잔인한 소리였다.

"……."

부들부들 떨면서 멈춰 섰다.

이 이상은 도저히 나아갈 수 없었다. 아무리 힘을 쥐어짜도 더는 한 발짝도 떨어지지 않았다.

캄캄한 산 속에서 젠이츠가 숨을 죽인 채 꼼짝 않고 서 있자 수풀 안쪽에서 거대한 도깨비가 나타났다. 언뜻 봐도 이형임을 알 수 있는 그 도깨비는 등에도 돋아난 거대한 팔을 포함해 총 3개의 팔이 제각각 커다란 낫을 쥐고 있었다. 귓가까지 쫙

찢어진 큰 입. 그 위쪽으로 잔인해 보이는 작은 눈 6개가 밤의 어둠 속에서 번쩍번쩍 빛났다.

'망했다… 난 죽었어. 사유리… 미안해.'

그야말로 구름을 뚫을 듯이 거대한 몸집과 기괴한 생김새에 젠이츠는 이가 덜덜 떨렸다.

하아, 하아, 허억, 하아, 하아, 하아, 허억, 하아, 하아, 허억, 허억, 허억, 하아, 하아… 하고 소녀 분장과는 어울리지 않는 거친 숨을 몰아쉬고 있자,

"네가 영감의 막내딸이냐?"

도깨비가 걸걸한 목소리로 물었다.

하마터면 심장이 입 밖으로 튀어나올 뻔했다. 간신히 공포를 억누른 젠이츠가 목소리를 쥐어짜서,

"네… 네네네네넵!"

하고 대답했다. 어미가 부자연스럽게 올라가는 걸 자제할 수가 없었다. "제, 제, 젠코라고 하옵니다."

도깨비는 젠이츠를 훑어보더니,

"그 영감, 살고 싶어서 거짓말을 했군. 이런 박색이 어딜 봐서 마을에서 제일가는 미인이라는 거지?"

분한 기색으로 혀를 찼다.

사유리의 대역이 되기 위해 머리카락을 힘겹게 모아 묶고, 빨간 꽃잎을 짓이겨서 낸 즙으로 나름 연지를 찍어 보기는 했지만, 어디까지나 여장남자로 보일 뿐이었다.

젊고 아름다운 여성의 살을 즐겨 먹는 도깨비는 적지 않다고 하니, 아마 이 도깨비도 그런 성벽의 소유자이리라. 빗나간 기대에서 오는 실망감과 짜증이 공기를 타고 전해져 왔다.

젠이츠가 겁에 질려 떨고 있자,

"뭐, 좋아. 좌우간 널 토막 내서 먹은 다음에 꺼림칙한 등꽃이 시드는 계절이 오면 나머지 두 딸과 처도 놈이 보는 앞에서 잡아먹어 주지…. 이 몸을 우습게 본 벌이다."

도깨비는 줄줄 흐르는 침을 닦으면서 위협조로 말했다.

잔인한 희열로 가득 찬 소리가 들렸다.

일말의 온기도 느껴지지 않는 차갑고 피에 굶주린 소리였다.

도깨비가 가학심이 뚝뚝 묻어나는 말투로 중얼거렸다.

"먼저 이 낫으로 눈알을 파내 주마. 그다음은 혀다. 다음은…."

"흐갸…!"

젠이츠는 공포에 휩싸인 나머지 끝내 사고의 끈을 놓아 버렸다.

머릿속에서 뚝 하고 실 같은 것이 끊어지는 소리가 들린 후,
그대로 캄캄한 어둠에 휩쓸렸다.

"크헉?!"

뭔가가 떨어지는 충격음에 정신이 든 젠이츠는 신속하게 주
위를 둘러봤다. 다음 순간, 자기 발치에 굴러다니는 도깨비의
머리를 발견하고는,

"끄악!!!!!!!!!!!!!!"

한밤중의 산에 쩌렁쩌렁 울리는 성대한 절규를 내질렀다.

그 자리에서 휙 물러나다가 도깨비의 머리를 발로 찼는지,
데굴데굴 기분 나쁜 소리를 내며 도깨비의 머리가 굴러갔다.
그 바람에 절단면에 남아 있던 피가 여기저기 튀었다.

"히익!!!!!! 싫어어어어어어어어어어!!!!!!"

믿기지 않는 것을 본 듯이 크게 부릅뜬 도깨비의 여섯 눈에
는 핏발이 서 있었다. 절단면은 마치 예리한 칼로 대번에 두
동강 낸 것처럼 요철 하나 없이 매끈했다.

도깨비의 머리가 꼭 무 같은 채소처럼 잘려 있다.

"뭐야, 뭐야, 뭐야?! 왜 죽었어?! 갑자기 뭐지?! 더는 싫어!!!!! 싫다고!!!!!!"

젠이츠가 엉엉 울었다.

"왜 뜬금없이 머리가 잘려 있는 건데?! 어째서?! 너무 무섭잖아!! 진짜 싫어!! 뭐냐고, 이게!!"

알 수 없는 일투성이였다.

갑자기 몸통에서 머리가 잘린 도깨비의 시체가 굴러다니는 것도.

등 뒤에 숨겨 놨던 칼이 어째선지 손에 들려 있는 것도.

새하얀 옷이 도깨비의 피로 더럽혀져 있는 것도.

"누가 구해 준 건가?! 이봐, 어딨어?! 나 같은 놈을 대체 누가 구해 준 거야?!"

울면서 주위를 둘러봤지만 인기척이라고는 없었다.

그때,

'혁!!'

불현듯 떠올랐다.

이런 자신을 구해 줄 사람은 이 세상에 딱 한 명밖에 없지

않는가.

"할아버지…."

젠이츠의 눈에 또 눈물이 흘러넘쳤다.

아마도 자신을 붙잡으러 온 지고로가 도깨비로부터 구해 준 동시에, 어떤 사정인지를 알아채고서 모습을 감춘 것이리라.

감사함과 미안함에 가슴이 벅차올랐다.

"할아버지… 고마워…. 나, 반드시 사유리랑 행복해질 테니까…. 지금까지 정말로 고마웠어…. 이런 나를 구해 줘서 정말로… 감사합니다. 건강 조심하고."

젠이츠는 울면서 칼을 칼집에 넣고 캄캄한 숲을 향해 꾸벅 인사한 다음 미련을 떨쳐내려는 듯이 그 자리를 떠났다.

젠이츠의 모습이 사라지자 수풀 속에서 지팡이를 짚은 인영 (人影)이 부스럭 소리를 내며 움직였다.

"…저 멍청한 제자 놈이."

그렇게 중얼거리는 목소리는 깊은 슬픔에 젖어 있었다. "너에게는 누구에게도 뒤지지 않는 재능이 있다고 늘 말하건만 왜 알아먹지를 못하는 게냐…."

사유리가 기다린다.
저 앞에서 사유리가 기다리고 있어!

산기슭까지 가는 길에 꺾은 노란 백합을 손에 든 젠이츠는 상상의 나래를 펼치고 있었다.

'고마워… 젠이츠 씨. 좋아해.'

기뻐하는 사유리의 얼굴이 머릿속에 떠올라서 쑥스러운 나머지 "쿠후후훗." 하는 기분 나쁜 웃음소리가 새어 나왔다.
산길 끝에 젠이츠의 옷을 걸친 소녀의 모습이 보였다.
"아! 사유리…."
힘차게 손을 흔들려다 반사적으로 동작을 멈췄다.
사유리는 혼자가 아니었다. 사유리 옆에는 딱 봐도 순박한 청년이 서서 그녀와 똑같이 불안한 표정으로 이쪽을 보고 있었다.

"젠이츠 씨…."

"……."

사유리의 두 눈에 눈물이 차올랐다.

그 순간, 젠이츠는 모든 것을 이해했다.

사유리는 젠이츠가 자신에게 동정이나 상냥함 이상의 호감을 가지고 자신의 대역이 되어 줬다는 사실을 눈치챘었다. 하지만 그녀에게는 사랑하는 연인이 있었다.

그렇기에 더욱 그렇게나 복잡하고 애처로운 소리가 들렸으리라.

사유리가 결코 좋아서 젠이츠를 속인 것은 아니다.

말하지 않았을 뿐이다. 더 살고 싶기에, 죽고 싶지 않기에 지푸라기라도 잡는 심정으로 침묵했다.

반한 남자와 도망치기 위해 젠이츠에게서 돈을 뜯어낸 여자와는 다르다.

소리도 귀에 똑똑히 들렸다.

그걸 젠이츠가 자기 형편에 좋게 해석했을 뿐이다.

지금도 미안해요, 미안해요, 라고 소리가 말하고 있다.

안타까울 정도로….

'…사유리는 잘못 없어.'

한껏 들떴던 기분이 서늘하게 식어 가는 것을 느끼면서도 젠이츠는 소녀를 향해 싱긋 미소 지었다. 가슴 안쪽이 욱신욱신 아팠다.

"도깨비는 죽었으니까 이젠 걱정 안 해도 돼."

"고… 고맙습니다… 고맙습니다."

"정말로 감사합니다…!!"

남자 쪽도 거의 땅에 엎드릴 정도로 격하게 감사를 표했다.

"이 은혜는 절대로 잊지 않겠습니다…!! 그 악독한 새아버지가 있는 집에서는 제가 탈출시키겠어요!! 정말 고맙습니다!! 도깨비 사냥꾼님!!"

'시끄러워…! 난 딱히 널 위해서 애쓴 게 아니라고!! 사유리를 위해 애쓴 거야!! 뭐, 실제로 도깨비를 쓰러트린 건 할아버지지만?! 제기랄!! 엄청난 미남이 아니라 지극히 평범하고 착해 보이는 사람이라 오히려 더 분해, 멍청아!!'

젠이츠는 마음속으로 피눈물을 흘리면서도 백합을 등 뒤로 후다닥 숨겼다.

"젠이츠 씨… 저요, 그게… 죄송해요…."

"……."

"정말로… 죄송…해요."

눈물이 또르륵 흘러내렸다.

자기 자신을 책망하는 듯한 사유리의 소리가 애처로웠다.

"사유리. 행복하게 살아…."

"…네."

사유리가 울면서 몇 번이고 몇 번이고 머리를 숙여 인사했다.

이윽고 두 사람은 다정하게 꼭 붙어서 마을로 돌아갔다.

그 뒷모습을 젠이츠가 미소로 배웅했다.

"…으, 흑."

홀로 남으니 눈물이 왈칵 차올랐다.

흐릿하게 일그러진 시야로 사유리에게 주려고 꺾어 온 꽃을 바라봤다.

노란 백합.

꽃말은 분명….

'쾌활함'과 '거짓'.

'……!!'

가슴이 아파서 산길에 던지려고 하다가… 단념했다.

달빛 아래서 애써 눈물을 억누르고 있으려니 옆에서 인기척
이 느껴졌다.

어느 틈엔가 지고로가 서 있었다.

엄하고, 무섭지만 다정한 소리가 났다.

젠이츠가 조심조심 입을 열었다.

"…저기… 할아버지, 나….""

"이 바보 녀석아!!!"

버럭 하고 터져 나온 고함에 어깨가 움츠러들었다.

"그만큼 타일렀건만 또 수련을 내팽개치고 도망쳐? 게다가
그 해괴한 옷차림은 뭐냐!! 못생긴 것도 정도가 있지!!"

"히익…! 죄송해요!!"

"나 원, 멍청한 제자 때문에 내가 못 산다."

지고로가 한숨을 푹 쉬며 투덜거렸다.

젠이츠는 그야말로 몸 둘 바를 몰라서 한없이 작아질 뿐이
었다.

"하지만 넌 그냥 바보가 아니야."

"어…?"

"바보 천치지."

"……."

젠이츠가 더욱 자그맣게 오그라들자 지고로는 말투를 아주 약간 누그러뜨렸다.

"착한 바보 천치다, 너는." "할아버지…."

깜짝 놀란 젠이츠가 고개를 드니 지고로의 손바닥이 젠이츠의 머리를 감싸 쥐었다.

투박하고 커다란 손이었다.

전 주로서 도깨비를 토벌하고 수많은 사람들을 구해 온 손.

젠이츠가 늘 그렇게 되고 싶다며 꿈꾸는 손.

언제나 동경해 온 사람의 강하고 다정한 손이었다.

"용케도 그 소녀의 처지를 방관하지 않았어. 자기 안의 공포에 지지 않고 아주 잘 싸웠다."

"…구한 건 할아버지야. 난 아무것도 못 했어."

젠이츠가 시무룩한 말투로 그렇게 말하자 지고로가 어이없다는 듯이,

"뭐야, 넌 내가 그 도깨비를 쓰러트렸다고 생각하는 게냐?"

"어? 그야 그렇잖아. 내가 기절한 사이에 할아버지가…."

"쓰러트린 건 너다, 젠이츠."

"엥⋯?"

젠이츠는 영문을 알 수 없어서 몹시 당황했다.

'어⋯? 무슨 소리야? 그 도깨비는 할아버지가 쓰러트렸잖아. 그런데 왜 내가 쓰러트렸다고 하지⋯? 에엑?'

한참을 혼란스러워한 젠이츠였으나 정신론적인 이야기일지도 모른다는 결론을 내렸다.

'내가 도깨비 앞에서 도망치지 않았으니까 할아버지도 날 구해 줬어. 그러므로 내가 쓰러트린 거나 마찬가지다, 이 뜻인가? 분명 그런 말을 하고 싶은 거겠지? 할아버지는? 생략된 부분이 너무 많아서 알아듣기 어렵지만.'

혼자서 납득하고 고개를 끄덕이고 있으려니 지고로가 "젠이츠."라고 제자의 이름을 불렀다.

검술 수련을 할 때의 엄격한 목소리였다.

"좋은 검사란 어떤 검사인지 아느냐?"

"어⋯? 그거야 강한 검사지. 할아버지처럼."

젠이츠가 대답하자 지고로는 살짝 쑥스러운지 뺨을 붉게 물들였다.

"엣헴." 하고 헛기침을 한 번 한 다음,

"그럼 강한 검사에게 필요한 건 뭐라고 생각하지?"

"어? 그… 그건….''

"다정함이다."

우물쭈물하는 젠이츠에게 지고로가 자상한 말투로 타일렀다.

"다정함은 사람의 마음을 한없이 강인하게 만들어 준다. 누군가를 위해서 휘두르는 칼날은 이 세상 그 무엇보다도 강한 칼날이야. 넌 그런 검사가 되거라."

늘 빽빽 소리 지르며 혼내기만 하는 노사범의 두 눈은 너무나도 다정한 빛을 띠고서 못난 제자를 비추고 있었다.

"언제 어느 때라도 약자 편에 서서 그들의 방패가 되거라. 약함을 아는 너이기에 가능한 일이야."

"……."

지고로의 부드러운 눈빛과 자신에게 쏟아지는 따뜻한 말에 목 안쪽과 눈자위가 서서히 뜨거워지고 콧속이 시큰거렸다.

"네가 그 다정함을 잃지 않는 한, 넌 틀림없이 좋은 검사가 될 수 있어."

"할아버지….''

눈물이 주룩주룩 흘러내렸다.

"나… 나는…."

"……."

    지고로는 흐느껴 우는 젠이츠의 노란 머리를 한참동안 부드럽게 쓰다듬어 줬다.

"……."

    그날도 이렇게 초승달이 뜬 밤이었다.

    '사유리는 어떻게 지내려나….'

    젠이츠가 눈웃음을 지으며 바람에 흔들리는 노란색 꽃을 바라보고 있자 소매를 까딱까딱 잡아당기는 느낌이 들었다.

    고개를 돌리니 불만스러운 표정을 한 네즈코가 있었다.

    그 모습을 보고 퍼뜩 현실로 돌아왔다.

    "아! 미안해, 네즈코! 바로 만들어 줄게, 알았지?"

    "우웅!!"

"잠시 딴 생각한 걸 사과하는 뜻에서 엄~청 예쁜 화관을 만들어 줄게. 맞다, 오빠랑 멍청이 이노스케 줄 것도 만들어 갈까?"

명랑한 목소리로 그렇게 말하자 네즈코는 기쁜 듯이 미소 지었다.

"우!"

"아하하."

그 미소가 옳은 것처럼 젠이츠도 빙그레 웃었다.

사유리는 분명히, 그 상냥한 연인과 행복하게 살고 있겠지.

자신은 그때 할아버지가 말해 준 강인한 칼날에는 발끝조차 미치지 못했다.

여전히 약하고, 울보에, 겁 많고, 도망치기 일쑤다.

솔직히 자기가 다정한지 어떤지도 잘 모르겠다.

'그래도 언젠가는….'

반드시….

그런 맹세를 가슴속에 새기면서 소년은 사랑스러운 소녀를 위해 이 들판에서 가장 예쁜 꽃을 꺾었다.

제 **3** 화
관상 소동 전말기

"**여난의 상**(相)이 있구먼."

"네…?"

혼잡함 속에서 들린 흉흉한 소리에 탄지로는 걸음을 멈췄다. 옆을 걷던 젠이츠와 이노스케 두 사람도 멈춰 섰다.

탄지로가 눈을 또르르 굴리며 목소리의 주인을 찾아보니 작은 체구의 노파가 네거리에 서 있었다. 성성한 백발 아래로 등꽃색 옷을 입은 주름투성이 노파였다.

"……."

탄지로가 의아하다는 시선을 보내니 노파는 가만히 고개를 저으면서,

"네가 아니다."

라고 딱 잘라 말했다. 탄지로가 이노스케 쪽을 바라보자,

"그 멧돼지 머리도 아니야. 거기 노랑머리 얘기다."

"엑?"

노파의 말에 지금까지 제삼자 입장에서 멀뚱멀뚱 구경하던

젠이츠의 얼굴이 충격에 휩싸였고, 자신의 코끝을 검지로 가리켰다.

"어… 엥? 설마… 나 말이야?"

"…그래."

어딘가 내키지 않는 기색인 노파가 고개를 끄덕였다.

"어르신, 여난의 상이라는 게 뭔가요?"

탄지로가 묻자 노파는 심각하게 대답했다.

"여난이란 남자가 여자에게 호감을 얻음으로 인해 당하는 재난을 말한다. 그런 상이 그 소년 얼굴에 보여."

"이 할망구가 무슨 소리를 하는 거야? 머리가 이상한 거 아냐?"

"이노스케!"

탄지로가 이노스케를 나무랐다.

"무례한 놈!! 누구더러 할망구라는 게야?!"

노파가 무서운 목소리로 호통을 쳤다. 탄지로와 젠이츠는 저도 모르게 움찔 놀랐지만, 이노스케는 태연하게,

"그럼 할아범이냐?"

라고 투덜거렸다.

"어느 쪽이든 별반 다르지 않겠지. 노인은 노인이니까."

"…다 널 생각해서 하는 말이다. 오늘 하루는 여인 근처에 가지 마."

노파는 이노스케를 무시하기로 마음먹은 모양이었다.

젠이츠의 두 눈을 구멍이 뚫릴 만큼 빤히 쳐다본 다음,

"최대한 여인을 피하도록 해."

라고 엄숙하게 명했다.

"가능하면 말도 섞지 않는 편이 좋겠지."

"에이, 과장은…."

젠이츠가 탄지로를 바라보며 동의를 구하듯이 웃었다. 약간은 경직된 그 웃음은 이어지는 노파의 말을 듣자 완전히 얼어붙었다.

"그러다 죽어."

"!!"

"만에 하나 여인이 너에게 호감이라도 갖게 된다면 틀림없이 죽을 게다. 심지어 네가 상상할 수 있는 죽음 중에서 가장 무참한 방식으로. 아무쪼록 명심하려무나."

그렇게 말한 노파는 호주머니를 뒤적였다.

안에서 꾸깃꾸깃 부적이 나왔다.

다 해져서 누리끼리한 지면에 적힌 글자는 대부분이 판독

불가능이었다.

"…위안거리 밖에 안 되겠지만 가지고 있거라."

노파는 부적을 젠이츠의 손에 억지로 쥐여 주고 세 사람 앞에서 사라졌다. 복채나 부적 값 같은 터무니없는 금액을 요구하지도 않았다. 그런 점이 괜히 더 섬뜩했다.

젠이츠는 여전히 얼어붙은 채였다.

영혼이 빠져나간 듯이 그 자리에 우뚝 서 있었다.

"젠이츠…?"

탄지로가 조심스럽게 말을 걸자,

"악!!!!!!(듣기 싫은 고음)"

비단을 찢는 듯한 소리라고 하기에는 몹시 추한 비명이 거리에 울려 퍼졌다.

✳

"뭐냐고, 정말… 대체 뭔데? 죽을 거라니…. 무서워어어어어어어어어어어어어어어."

탄지로의 겉옷을 꼭 쥔 채, 젠이츠가 얼굴에서 나오는 모든 액체를 줄줄 흘리면서 허둥댔다.

"이제 귀환하는 길이었는데…. 왜 죽는다는 소리를 들어야 해? 영문을 모르겠어! 영문을 모르겠다고!!"

"젠이츠…."

탄지로로서는 그 심정이 이해가 안 가는 것도 아니었다.

어젯밤, 마을 변두리에서 임무를 마친 세 사람은 근처의 등꽃 문양이 새겨진 집에서 휴식을 취한 후, 나비 저택으로 돌아가는 길에 선물용 과자를 구입한 참이었다.

"혹시 여유가 된다면 돌아오는 길에 간식거리라도 사다 주세요."

그런 부탁을 한 사람은 나비 저택의 주인, 코쵸우 시노부였다.

아마도 무한열차에서의 임무 이후로 자나 깨나 단련에 매진하는 세 사람을 걱정해서 그녀 나름대로 배려를 해 준 것이리라.

큰 마을인 만큼 눈에 보이는 모든 것이 신기했다.

처음에는 어마어마한 인파에 놀란 나머지 탄지로 뒤에 숨어

서 겁내던 이노스케도,

"야! 저건 뭐냐?!"
"말이 커다란 상자를 끌고 간다!!"
"저 녀석들, 왜 저런 이상한 옷을 입고 있지?"
"뭔가 맛있는 냄새가 솔솔 풍기는데?! 밀가루를 입힌 그건 가?!"

라며 몹시 흥분했다.

유일하게 번화가가 익숙한 젠이츠는 "…창피해 죽겠네."라 며 지긋지긋해하는 얼굴이었지만, 나비 저택의 여자애들에게 줄 선물을 고를 때는 기합이 팍 들어 있었다.

나비 저택에서 자주 먹은 간식을 떠올리면서 "이것도 아냐, 저것도 아냐."라고 옥신각신하다가 결국은 무난하게 만주로 결정했다.

여성에게 인기라는 가게에서 인원수만큼 만주를 구입한 후, 이제 돌아가자고 하던 차에 갑작스러운 사형 선고가 떨어졌다.

젠이츠가 아니어도 누구나 당황할 법하다.

"싫어어어어…. 왜 항상 나한테만 이래?! 어째서야, 응?! 어째서?! 우에엥!!!!!"

"젠이츠, 진정해."

"빽 빽 시끄러운 녀석이로군."

엉엉 우는 젠이츠를 탄지로가 애써 위로할 때, 이노스케가 단호한 말투로,

"남자라면 칭얼칭얼 우는소리 내지 말고 당당하게 폼 잡지 못하겠냐?!"

"너무해!!"

젠이츠가 눈을 부라렸다.

"이노스케, 너무해!! 어렴풋이 알고는 있었지만 말이지. 그래도 이건 너무하지 않냐?! 내가 죽을지도 모른다고!! 그냥 죽는 것도 아니고 무참하게 죽는다잖아!!"

"이노스케, 젠이츠의 심정도 헤아려 줘."

인간적으로 젠이츠가 측은해진 탄지로가 중재에 나섰다. "느닷없이 그런 소리를 들으면 누구든지 놀라고 무서울 거 아냐, 안 그래?"

"기껏해야 할망구가 지껄인 농담인데, 뭘."

"농담이 아니라 관상풀이야."

"그게 그거지."

이노스케가 매몰차게 말했다.

어쩌면 점술 자체를 모를 수도 있다고 판단한 탄지로가,

"있잖아, 이노스케. 관상 같은 점술은⋯."

라고 기본적인 것부터 알려 주려 하자,

"맞을 때도 있고 맞지 않을 때도 있는 거잖아?"

의외로 제대로 된 지식이 있는 듯했다.

탄지로의 눈이 휘둥그레졌다.

"잘 아는구나, 이노스케."

"뭐, 그렇지. 나는 두목이니까!"

탄지로의 칭찬을 받은 이노스케가 가슴을 내밀며 으스댔다.

평소라면 '네가 무슨 두목이냐?!' '몇 번을 말해, 네 쫄따구가 된 기억은 없어!'라고 반발할 젠이츠가 지금은 궁지에 몰린 작은 동물 같은 표정으로 바들바들 떨면서 두 사람의 대화에 귀를 기울이고 있었다.

잠시 생각에 잠겼던 탄지로가 "응." 하고 고개를 끄덕인 뒤에 젠이츠 쪽으로 몸을 돌렸다.

"이노스케 말이 맞아, 젠이츠."

"⋯⋯."

이름을 부르자 친구의 어깨가 떨렸다. 말없이 겁먹은 눈빛을 보내 왔다.

"반드시 알아맞히는 점쟁이는 이 세상에 없어. 있을 리가 없다고."

혹시나 그런 사람이 있다면, 신일 것이다. 인간은 아니다.

너무 갑작스럽게 무서운 소리를 들은 탓에 젠이츠뿐만 아니라 탄지로까지 당황했던 모양이다.

어디까지나 점이라고 선을 그어놓으면 필요 이상으로 무서워할 것도 없었다.

그렇게 말하자,

"그… 그렇지?"

젠이츠가 겨우 안도하는 표정을 보였다.

코를 한 번 크게 훌쩍인 다음,

"네 얘기를 듣고 생각났는데, 그 할머니 딱 봐도 수상했지? 틀림없이 사기꾼…."

"그 네거리에 반드시 알아맞히는 점쟁이가 있다고요?"

젠이츠의 목소리를 덮씌우듯이 여성의 신난 말소리가 들려왔다.

"?!"

움찔하고 몸을 굳힌 젠이츠가 탄지로의 등 뒤에 숨었다. 탄지로와 이노스케가 목소리가 들린 쪽을 쳐다보니, 화사하게 차려입은 아가씨들이 담소를 나누며 이쪽을 향해 걸어오고 있었다.

"그래요. 듣자 하니 백발에 등꽃색 옷을 입은 할머니 점쟁이라는데….."

"백발백중이라는 게 사실이에요?"

"그렇다나 봐요. 제 지인은 그분의 당부를 따랐더니 좋은 인연을 만나서, 보름 뒤에는 약혼했다지 뭐예요!"

"아아… 멋지네요!!"

"하지만 반대로 그 점쟁이의 말을 듣지 않아서 크게 다친 사람도 있대요."

"세상에, 무서워라!"

"순순히 따르기만 하면 괜찮아요."

"어? 하지만 그 점쟁이처럼 보이는 사람은 없네요."

"어머나, 정말이네. 어디로 가신 걸까…?"

사랑스럽게 생긴 아가씨들이 점쟁이의 모습을 찾아 두리번거렸다.

젠이츠의 시선은 그 두 사람에게 고정됐다.

하지만 평소와 같은 음흉한, 헤벌쭉 웃는 표정은 아니었다.
밀랍처럼 창백한 얼굴이 딱딱하게 굳었고, 이마에는 식은땀이
대량으로 맺혔다.

딱딱거리는 이상한 소리가 들린다 싶더니, 젠이츠의 이가
덜덜 떨리는 소리였다.

'큰일이다….'

"젠…."

탄지로가 젠이츠의 주의를 돌리려 한 그 순간,

"흐갸아아아아아아아아아아아아아아아악!!!!!!!!!!!!"

젠이츠의 입에서 모가지를 비틀린 닭 같은 비명이 터져 나
왔다.

주위의 시선이 일제히 집중됐다.

문제의 두 여성은 "히익!" 하고 비명을 지르자마자 도망치는
토끼처럼 그 자리를 떠나 버렸다.

"저것 봐!! 저것 좀 보라고!! 잘 맞힌데!! 백발백중이라잖

아!!"

"진정해!"

불판 위의 새우처럼 펄떡거리는 친구를 부축하면서 탄지로는 그의 뺨을 힘껏 감쌌다.

어디까지나 제정신이 들게 하려는 의도였지만, 젠이츠는 버럭버럭 소리를 질렀다.

"뭐야?! 갑자기 무슨 짓이야?!"

"마음을 단단히 먹어!"

"못 해! 그리고 아프거든?!"

"관상 따위에 지지 마, 젠이츠."

"무리야!! 아까 그 애들도 그랬잖아! 죽을 거야! 역시 난 죽는다고! 오늘!! 우히히히히…."

공포가 극에 달한 나머지 소름 끼치는 웃음을 흘렸다.

탄지로가 어찌할 바를 모르자 이제까지 잠자코 있던 이노스케가 "…쳇. 한심한 쫄따구들이라니까."라며 혀를 차고는,

"야, 너희. 바보 몬이츠만이 아니라 소이치로 네놈까지 할망구가 하는 말을 제대로 안 들은 거냐?"

라며 멧돼지 머리를 두 사람에게 바짝 갖다 댔다.

탄지로가 미간을 찌푸렸다.

"뭐가 말이야, 이노스케?"

"여난이라는 건 남자가 여자한테 호감을 얻은 것 때문에 당하는 재난이라며?"

"응, 분명히 그렇게 말씀하셨지."

그런 상이 보인다고 했다.

"그럼, 이 녀석한테 그런 상이 있을 것 같아?"

"……."

"다 헛소리야. 틀림없어."

이노스케가 단호하게 말했다. 잠시 주저한 다음에 탄지로가,

"그렇구나."

라며 고개를 끄덕이자,

"너무해!!!!!"

젠이츠가 외쳤다.

"너희, 아무리 그래도 너무하잖아?! 그게 무슨 뜻인데?! 내가 인기 없다고?! 여자가 날 좋아할 리 없다는 거야?! 이노스케는 둘째 치고 탄지로 너까지 그렇게 생각해?! 그 순둥순둥한 얼굴로?! 제기랄!!!!"

젠이츠가 피눈물을 흘리는 것처럼 처절하게 소리 질렀다.

"아니, 딱히 그런 건…."

차마 아니라고 말하지 못하는 게 괴로웠다. 거짓말을 못 하는 성격인 탄지로가 어쩔 줄 몰라 허둥대다가 "어쨌든!"이라고 힘주어 말했다.

"한시라도 빨리 나비 저택으로 돌아가자."

그곳이라면 시노부가 있다.

시노부가 '관상 같은 건 신경 쓰지 말라'며 상냥하게 타일러 주기라도 하면 젠이츠도 진정되겠지. 머지않아 오늘 하루가 저물고 내일이 되면 관상 이야기도 자연스레 잊어버릴 것이다.

그렇게 생각했으나 다음 순간,

"안 돼!!"

젠이츠에게서 고함이 터져 나왔다.

"나비 저택은 안 돼! 탄지로!!"

"? 어째서?"

설마 이의를 제기하리라고는 예상조차 못 했다. 탄지로가 어리둥절한 표정을 지었다. "왜 안 되는데?"

"너… 몰라서 물어?! 그 집에는 여자가 6명이나 있다고!! 6명이나!!"

시노부와 카나오. 아오이와 키요, 스미, 그리고 나호. 젠이츠가 손가락을 접어가며 헤아렸다.

한 명씩 이름을 말해 줘도 탄지로는 무슨 뜻인지 이해가 가지 않았다. 이노스케 역시 지금 뭐 하느냐는 표정으로 젠이츠를 쳐다봤다.

"그게 왜? 젠이츠."

"그 애들과 나 사이에 사랑이 싹트면 어떡해!! 고백이라도 받으면? 난 죽은 목숨이잖아! 게다가 상대도 너무 가엾을 테고!! 자기가 반하는 바람에 내가 죽은 거잖아? 그런 비극이 또 어딨어!!"

말로 설명을 들어도 이해가 안 됐다.

"여전히 기분 나쁘네, 이 자식은."

"……."

이노스케가 옆에서 어이없어했다.

탄지로가 이 불쌍한 친구에게 도대체 무슨 말을 건네야 할지 망설일 때,

"…결심했어."

젠이츠가 진지한 목소리로 중얼거렸다.

"난 오늘 하루 여자를 피하고, 피하고, 또 피할 거야!! 탄지로랑 이노스케는 여자가 나한테 반하지 못하도록 날 지켜 줘!

알았지?! 전력으로 지켜 주기다?! 네즈코를 위해서라도 난 살아야 하니까!!"

"이놈은 그냥 여기 두고 가자."

"아니… 그럴 수는 없지."

이노스케와 탄지로가 벌이는 언쟁도 젠이츠에게는 들리지 않았다.

뭔가 네즈코와 관련된 일이라도 상상하는지 눈물을 줄줄 흘리고 있었다.

남이 보기에는 상당히 소름 돋는 광경이었다.

"그럼 어디 다른 데다 버리고 오자."

"말했잖아, 그럴 수는 없는 노릇이야. 이노스케."

"걱정 마, 네즈코! 난 절대로 죽지 않아! 반드시 이 위기에서 살아남아서 널 누구보다도 행복하게 해 줄 테니까…!! 안심하고 나한테 시집와!!"

이노스케가 신랄한 말을 하든, 탄지로가 난감한 표정을 짓든 말든, 자신의 망상에 몰입한 젠이츠는 폭포수 같은 눈물을 흘리면서 검 쓰는 손을 꽉 쥐었다.

"어서 오세요."
"!!"

가게에 들어선 순간, 여성이 발랄하게 웃으며 인사를 건넸다.
이곳은 길가에 자리한 찻집이다.

나비 저택으로 돌아가기를 거부하는 젠이츠와 배가 고프다는 이노스케의 희망을 들어주기 위해 들렀지만, 들어가자마자 실수였음을 깨달았다.

'어떡하지? 온통 여자들이야….'

큰 마을 안의 세련된 찻집이다 보니 가게 안은 여성들로 가득했다.

아름답게 치장한 묘령의 여성들이 멀찍이서 이쪽을 쳐다봤다.

생글생글 웃으며 다가온 여성 점원은 서양식의 흰 앞치마를 두르고 있었다. 예쁘게 땋아 올린 검은 머리 아래로 다정한 눈

빛을 보내 왔다.

"몇 분이세요?"

여성의 질문에 아니나 다를까 탄지로의 오른팔에 달라붙은 젠이츠는 한 손에 그 노파에게서 받은 너덜너덜한 부적을 꼭 쥔 채 벌벌 떨기 시작했다.

급기야는,

"이익!"

위협하듯이 으르렁거려서,

"헉!"

여성의 미소는 순식간에 얼어붙었다.

"죄송합니다."

꾸벅꾸벅 사과하는 건 여기서도 탄지로의 역할이었다.

"아… 안쪽 자리로 모실게요….."

필요 이상의 새된 소리로 여성이 안내해 줬다.

어찌나 겁먹었는지 이노스케의 멧돼지 머리조차 눈에 들어오지 않을 정도였다.

하지만 지금의 젠이츠에게는 그것마저도 자신에게 반해서 수줍어하는 소녀의 모습으로 비쳤는지,

"어떡하지? 어떡하지? 어떡하지? 어떡하지? 어떡하지? 어

떡하지?"

라고 중얼거렸다.

"날 좋아하게 되면 어쩌지…? 날 좋아하게 되면 어쩌지…? 날 좋아하게 되면 어쩌지…?"

"젠이츠…."

"하아, 하아, 헉, 하악, 헉, 하아, 후욱, 헉…."

호흡, 땀, 떨림이 너무 심해서 탄지로에게까지 그 긴장이 전달됐다. 특히 콧바람과 손에 땀이 엄청났다.

"저기, 젠이츠. 조금만 진정할 수 없을까?"

탄지로가 완곡한 말투로 타일렀으나, 젠이츠는 온몸의 털을 곤두세우고 도리어 역정을 냈다.

"무책임한 소리 마! 넌 내가 죽어도 상관없어? 곁에서 사라져도 아무렇지 않다는 거야? 이런 놈을 친구라고 생각했다니!"

"그런 게 아니야. 네가 죽었는데 아무렇지 않을 리가 없잖아. 다만 그렇게까지 겁낼 필요는…."

해명의 말도 젠이츠의 귀에는 닿지 않았다.

여전히 "어떡하지? 어떡하지?"라고 되뇌며 부들부들 떨었다.

난처해진 탄지로가 이노스케를 바라보자, 그것 보라는 듯이

콧방귀를 뀌었다.

"역시 내 말대로 버리고 오면 좋았잖아."

"그런 말 하지 마. 이노스케 넌 두목이잖아?"

"! 뭐, 그렇지. 이봐, 젠이츠. 가자!! 지켜 줄게, 이 몸은 두목이니까."

금세 기분이 좋아진 이노스케가 젠이츠의 등을 철썩철썩 두들겼다.

여성이 안내한 곳은 가게의 안쪽, 안쪽, 또 안쪽에 위치한 구석 자리였다. 밝은 가게 안에서 어째선지 그곳만은 어둑어둑하고 공기가 탁했다.

딱 봐도 다른 손님들에게서 떼어 놓기 위해 구석으로 쫓아 놓은 것이겠지만, 오히려 고마웠다.

젠이츠가 안쪽 자리에 후다닥 앉더니, 의자 위에 다리를 올려서 두 팔로 무릎을 꼭 끌어안았다.

그 옆에 탄지로가, 맞은편에 이노스케가 앉았다.

메뉴판을 집어 든 이노스케의 제일 첫 마디는,

"못 읽겠어."

였다.

"이건 '아'라는 글자야. 이쪽은 '이'. 이노스케의 '이'지."

"이 몸의 '이'!!"

"이건 '스'고 이건 '크'."

탄지로가 동생들에게 했듯이 한 글자, 한 글자씩 읽어 주고 있을 때,

"히이이이이이이이이익!!!!!!!!!!!!!!!!!!!!!!!!!"

옆자리에서 젠이츠의 비명이 터졌다.

흠칫 놀란 탄지로가,

"왜 그래?"

라고 물으니, 젠이츠가 떨리는 손으로 떨어진 자리에 앉은 소녀를 가리켰다.

"저 아이, 날 보고 굳었어…. 사랑에 빠진 거야."

"미안해. 네가 무슨 말을 하는 건지 전혀 모르겠어."

탄지로가 안타까운 듯이 말하자 젠이츠가 머리를 유난스럽게 붕붕 저었다.

"그치만 모두가 날 쳐다보는걸…. 가게 안의 모든 여자들이

나한테 반했는지도 몰라…. 으흑… 어떡하지? 탄지로.”

절망적인 목소리로 젠이츠가 말했다.

“이 자식, 더는 못쓰겠네.”

“이노스케.”

“원래부터 기분 나쁜 녀석이었지만 이젠 완전히 맛이 갔잖아. 망상이랑 현실을 구별하지 못하게 됐다고.”

“…이노스케.”

좀처럼 꺼내기 어려운 말을 서슴없이 내뱉는 친구를 탄지로가 조심스럽게 타일렀다.

그곳에 아까 본 점원과는 다른 여성이 주문을 받으러 왔다.

“저어… 주문을 받으러.”

노골적으로 젠이츠를 경계하는 탓인지 목소리가 미묘하게 떨리고 음을 이탈했다.

그 때문에 또 착각에 빠진 젠이츠가 부들부들 떨기 시작했다.

“히익! 이 사람, 날 힐끔힐끔 쳐다봐…. 나한테 고백할 생각인 거야, 분명…. 무서워, 무서워, 무서워, 무서워, 무서워, 무서워, 무서워, 무….”

“적당히 해, 젠이츠.”

허둥대는 젠이츠의 머리를 탄지로가 팍 때렸다. "이분이 무서워하시잖아?! 가게에서 일하는 분을 곤란하게 만들면 안 돼!"

그리 세게 때리진 않았는데 친구는 긴장의 실이 끊어진 것처럼 눈을 팩 까뒤집더니 탁자 위에 엎어지고 말았다.

마침내 조용해지자,

"소란을 피워서 죄송합니다."

다시 한번 고개를 꾸벅 숙이며 사과했다.

"아, 아니에요⋯."

여성은 이젠 거의 울상을 짓고 있었다. 가급적이면 빨리 해방시켜 주고 싶은 마음이지만, 이름만 읽어서는 뭐가 어떤 음식인지 알 수 없었다.

난감해하고 있을 때,

"야, 저거 맛있어 보이지 않냐?"

라며 이노스케가 손가락질을 했다.

탄지로가 가리키는 쪽을 보니 근처 자리의 여성이 유리그릇에 담긴 하얀 만주 같은 것을 숟가락으로 떠먹는 중이었다.

여성의 행동을 봐서는 몹시 차가운 것 같았고, 전병처럼 세로로 긴 물체가 곁들여져 있었다.

확실히 어떤 맛일지 궁금했다.

"저걸로 3개 주세요."

그렇게 주문하자,

"알겠습니다."

여성은 눈에 띄게 안도한 표정으로 미소 지은 다음, 반쯤은 도망치듯이 그 자리를 벗어났다.

❀

"주문하신 음식 나왔습니다. 저희 가게에서 자랑하는 **아이스크림**입니다."

주문한 음식은 놀랄 만큼 빠르게 제공됐지만, 그걸 가져온 사람은 방금 전과는 또 다른 여성이었다.

이번에는 덩치가 매우 큰 여성이었는데, 씨름꾼도 울고 갈 만한 체격의 소유자였다. 팔뚝만 놓고 봐도 탄지로나 젠이츠의 허벅지 정도는 되는 데다, 이노스케보다 더 근육질이었다.

"금방 녹으니까 되도록 빨리 드세요."

"우와, 감사합니다."

탄지로는 웃는 얼굴로 인사하면서도, 호전적인 이노스케가

그녀의 듬직한 체구에 투쟁본능을 느껴서 결투를 벌이려 하진 않을지 조마조마했지만,

"야호! 기다리느라 죽는 줄 알았네!!"

다행히 눈앞에 내밀어진 세련된 음식에 완전히 정신이 팔린 모양이었다.

멧돼지 머리를 벗어던진 이노스케가 한껏 신이 나서 숟가락을 쥐었다.

곧바로 한 숟가락 크게 푹 떠서 호쾌하게 입에 넣은 이노스케가,

"이… 이봐."

라고 신음했다.

자세히 보니 감동한 나머지 부르르 떨고 있었다.

"엄청나게 맛있잖아!! 이게 뭐야?!"

"아이스크림이라고 하나 봐."

탄지로가 여성에게 들은 이름을 말해 줬다.

그리고 자신도 한 입 먹고는,

"맛있다!"

라며 눈을 동그랗게 떴다. 만주와는 전혀 다른 맛이었다. 놀라울 정도로 차갑고, 입에 넣자마자 녹아서 없어져 버렸다.

"맛있어, 맛있어, 맛있어, 맛있어, 맛있어!"

이노스케가 큰소리로 연호하면서 쉴 새 없이 숟가락질을 했다.

맛있는 음식을 먹을 때의 이노스케는 기본적으로 무해하다. 게다가 그의 웃는 얼굴은 평소 쓰고 다니는 멧돼지 머리에서는 상상도 안 될 만큼 미형이라서, 백옥 같은 피부의 미소년이라고 칭해도 과언이 아니었다.

그 때문이기도 한지, 가게 안의 여성들의 시선이 이노스케 쪽으로 집중됐다.

…그때, 어찌 된 영문인지 젠이츠가 정신을 차렸다.

"헉?!"

"젠이츠, 정신이 드니?"

탄지로가 안심하면서, "아이스크림 나왔어."라고 말했다.

"아주 맛있어. 이걸 먹으면 틀림없이 기분이 나아질 거야."

그러나 시체처럼 창백한 젠이츠의 귀에는 들리지 않았다.

"시선이 느껴져…."

"뭐?"

"몰라서 물어? 여자들의 이 뜨거운 시선이 느껴지지 않는 거야?! 어떡하지?! 나 죽을 거야!! 상상할 수 있는 죽음 중에서 가장 무참한 방식으로 죽을 거라고!!"

"진정해, 젠이츠. 가게에 민폐잖아."

"싫어어어어어어어어어어!! 네즈코, 할아버지, 살려 줘어어어어어!!!! 죽고 싶지 않아아아아아아아!!!!!"

"젠이츠!!"

"손님, 죄송하지만 이 이상 가게에서 소란을 피우실 거면 밖으로 나가 주셔야겠어요."

탄지로의 제지에도 아랑곳하지 않고 소리를 지르는 젠이츠에게 아까 그 체격 좋은 여성이 완곡하게 주의를 줬다.

젠이츠가 그녀를 뚫어져라 바라봤다.

"어… 뭐…? '손님, 좋아해요. 이 이상은 부끄러우니까 밖으로 나가 주실 수 없을까요?'라고…?"

말도 안 되는 착각을 한 젠이츠가 곧바로 벌벌 떨기 시작했다.

"히이이이이이이이익!!!! 고백이다!! 나한테 고백하려는 게 분명해!! 싫어어어어어어어어어!!!!"

목청껏 소리치더니 옆자리의 탄지로를 밀어젖히고는 가게 밖으로 뛰쳐나가 버렸다. 만류할 틈조차 없었다.

"젠이츠…."

탄지로가 멀어지는 친구의 뒷모습을 멀뚱히 쳐다봤다.

어지간히 혼비백산했는지 그만큼 꼭 쥐고 있던 부적까지 두고 가 버렸다.

맞은편 자리의 이노스케는 아이스크림에 푹 빠져서 젠이츠가 나간 것도 알아차리지 못했다.

친구가 깜박한 부적을 탄지로가 조심스레 주웠다.

그러자,

"손님, 그 부적… 어디서 받으셨어요?"

인상을 팍 쓴 여성이 험악한 목소리로 물었다.

"어쩌지…. 젠이츠가 어디로 갔을까?"

북새통 속에서 탄지로가 젠이츠의 모습을 찾아 두리번거렸다.

산속이라면 그의 금발이 눈에 잘 띄겠지만, 이 거리는 온갖 색깔로 넘쳐났다. 사람들의 복장도 다양해서 친구를 찾기란 여간 어려운 일이 아니었다.

가게의 여성(**사야**라는 이름이었다)의 말로는, 최근 네거리의 유명한 점쟁이를 사칭해서 지나가는 사람에게 재미삼아 악질적인 점풀이로 겁을 주는 가짜 점쟁이가 있다는 모양이다. 젠이츠가 받은 부적이 전에 그 사기꾼을 만난 손님이 보여 준 것과 똑같다고 했다.

탄지로가 조금 전의 일을 이야기하자 사야는 몹시 동정하며 걱정해 줬다.

"저도 곧 있으면 일이 끝나니까 같이 찾아볼게요."

자신은 이 마을 구석구석을 잘 아니까 도움이 될 것이라며, 마음씨 착한 여성은 그렇게 말해 줬다. 탄지로도 기뻐했지만, 젠이츠는 좀처럼 보이지 않았다.

'설마 다른 사람도 아닌 젠이츠가 세상을 비관해서 섣부른 판단을 하는… 그런 일은 없겠지만.'

마지막으로 함께 있을 때 정신적으로 궁지에 몰린 상태였다 보니 자꾸 나쁜 상상만 머릿속에 떠올랐다.

"그 바보의 '냄새'는 안 나?"

"아까부터 찾고는 있는데, 굉장히 강한 냄새가 방해해서 구별하질 못하겠어…."

탄지로가 미간을 찌푸렸다.

사야가 '향수'라고 가르쳐 준 그것의 냄새는 주로 여성들에게서 났는데, 개중에는 코를 찌를 만큼 독한 것까지 있었다. 그래서 탄지로의 후각을 이용하기도 어려웠다.

"난 사야 씨랑 이쪽을 찾아볼 테니까 이노스케 넌 저쪽을…."

탄지로가 지시하려는 찰나,

"저쪽이다!!!"

사야가 외쳤다.

탄지로가 사야의 손가락이 가리키는 곳을 보니 확실히 젠이츠가 울면서 걷고 있었다.

그 모습을 보고 안도했다.

"젠…."

"손니이이임!!!!"

그러나 탄지로가 말을 걸려는 것과 동시에 사야가 쿵쿵 달려가고 말았다.

젠이츠의 어깨가 펄떡 튀어 오르더니 그대로 그 자리에 힘없이 주저앉는 게 보였다. 공포심에 다리의 힘이 풀렸으리라.

젠이츠가 체념한 듯이 눈을 감은 그 순간.

"마차의 말이 도망쳤다!!!!!!!!!"

한 사내의 고함이 온 거리에 울려퍼졌다.
주위가 순식간에 소란스러워졌다.

"도망쳐어어어어어!!!!!"
"꺄악!!!"
"엄마야아아아아!!!!!"
사람들이 우왕좌왕하고 여기저기서 비명이 터져 나왔다.
탄지로가 주변을 둘러봤다. 젠이츠 곁으로 달려가는 사야의
오른쪽으로 말이 보였다. 말이 앞다리를 높이 쳐들었다.
"이노스케!"
"어!!"
탄지로의 호령에 맞춰서 두 사람이 거의 동시에 움직였다.
그러나 그보다도 빠르게, 번개와도 같은 것이 말의 다리 밑
에서 사야를 데리고 빠져나왔다.
"…윽?"
탄지로가 깜짝 놀라서 눈을 부릅떴다.

그 번개 같은 것은 젠이츠였다.

친구가 번개의 호흡을 사용해 사야를 구해 냈음을 알았다.

"저 녀석, 꽤 하는데?"

이노스케가 중얼거리는 소리가 들렸다.

"겁쟁이치고는 제법이야."

표적을 잃고 날뛰는 말과 대치한 이노스케가 살벌한 눈빛으로 말을 노려봤다.

말은 눈 깜짝할 사이에 강아지보다도 온순해졌다.

'역시 이노스케야….'

안도한 탄지로가 "젠이츠는…." 하고 다시 두 사람 쪽으로 시선을 되돌렸다. 사야를 껴안은 친구는 열광하는 인파에 둘러싸여 있었다.

"아주 잘했다, 꼬맹아!!"

"방금 그거 뭐냐?! 무진장 빨랐어!!"

"형아, 멋있어!!!"

"대단하구나!!! 꼬마아!!!"

사람들이 입을 모아 젠이츠의 행동을 칭송했지만, 정작 본인은 지금 그게 중요한 게 아니라는 얼굴이었다.

얼굴에는 핏기가 거의 없어 창백했고, 아마 사야가 무거운 탓도 있겠지만 후들후들 떨고 있었다.

"젠이츠, 괜찮아?"

달려가고 싶어도 구경꾼들이 막아서서 접근할 수가 없었다. 그래도 꾸역꾸역 앞으로 뚫고 지나가니, 젠이츠에게 안긴 사야가 묘하게 요염한 눈빛으로 친구를 올려다보고 있었다.

"손님… 저를 위해서."

"…아, 아뇨, 아뇨, 아뇨…. 벼, 벼벼벼, 별로 대단한 일도 아니에요…. 사, 사, 사람으로서 다, 다, 다, 당연히 해야 할 일을 한 것뿐이니까."

"어쩜, 용감한데 겸손하시기까지…."

사야가 황홀한 말투로 읊조렸다.

금방이라도 사랑 고백을 받을 듯한 분위기였다.

젠이츠가 필사적으로 시선을 피했다. 도움을 청하듯이 구경꾼들을 훑어보던 시선이 불현듯 우뚝 멈췄다.

그 얼굴이 더욱 시체처럼 파리해졌다.

이상하게 여긴 탄지로가 친구의 시선을 눈으로 좇으니, 바로 그 가짜 점쟁이의 모습이 있었다.

"이노스케!" "나한테 맡겨!!"
이노스케가 인파를 헤치고 가짜 점쟁이 쪽으로 달려갔다.
…그러나.

"어? 저기, 소, 손님?! 괜찮아요?! 손님?!!"

사야의 외침에 황급히 고개를 돌렸다.
예상한 대로 친구는 사야를 품에 안은 채 기절해 있었다.

❋

그 후, 정신을 차린 젠이츠에게 모든 걸 설명하고, 붙잡은
가짜 점쟁이의 머리카락을 죄다 뽑으려 하는 이노스케를 말린
다음, 사야의 배웅을 받으며 마을을 뒤로 한 세 사람은 해가
완전히 서문 무렵에야 나비 저택에 도착했다.

"저런, 저런. 큰일이었네요."
이야기를 들은 시노부가 상냥한 말투로 세 사람을 위로했다.
키요, 스미, 나호 세 사람도 "젠이츠 씨, 불쌍해." "괜찮아

요?" "거짓말을 하다니, 너무해요."라며 분개해 준 덕에, 밑바닥까지 내려갔던 젠이츠의 기분도 완전히 좋아졌다.

사야는 그 가게 주인의 조카였으며, 소중한 조카를 구해 준 보답으로 초콜릿과 캐러멜 등의 간식거리를 대량으로 챙겨 줬기 때문에 나비 저택의 여성들은 매우 기뻐했다.

그리고 그녀들의 기쁨은 곧 젠이츠의 기쁨이었다.

"그건 그렇고 이노스케는 처음부터 침착했지."

아오이와 카나오가 끓여다 준 차를 마시면서 탄지로가 친구를 칭찬하자, 초콜릿을 먹던 이노스케가 "뭐?"라며 고개를 들었다.

입 주변이 초콜릿 범벅이라서 아오이에게,

"더러워요!"

라고 잔소리를 들었다.

"어차피 나 같은 건 여자들에게 인기가 없을 거라고 생각했기 때문이겠지."

젠이츠가 부루퉁한 얼굴로 투덜거렸다. "혹은 내가 어떻게 되든 말든 자기가 알 바 아니었으니까 침착했던 거야, 이 자식은."

그러나 이노스케는 뜻밖에도,

"맨 처음 만났을 때, 그 할망구한테서 께름칙한 느낌이 들었거든."

라며 다른 이유를 말했다.

"할 말을 미리 정해 놓고, 그걸 누구한테 말할지 입맛을 다시면서 우리를 훑어보는 느낌이었어. 진짜 점쟁이라면 그런 짓 안 하잖아? 그리고 너, 평소에 듣는 '소리'는 어쨌냐? 아무것도 안 들렸어?"

"……."

젠이츠가 입을 떡 벌렸다.

완전히 까먹고 있었다는 얼굴이었다.

말없이 고개를 푹 숙이는 젠이츠를 보고,

"역시 멍청하구먼."

이라고 이노스케가 결정타를 날렸다.

"이참에 멍청이츠로 개명하는 게 어때?"

"…시끄러워."

반박하는 목소리에도 평상시 같은 위세가 없었다.

하지만 그건 탄지로도 마찬가지였다. 아무리 동요했다지만 가짜 점술사의 악의로 가득 찬 '냄새'를 구분하지 못한 일을 반성하고 있을 때, 다 마신 찻잔에 카나오가 새 차를 따라 줬다.

"고마워."

"……."

"카나오도 초콜릿 먹었어? 맛있어."

그렇게 말하고 건네주려 하는데, 카나오는 어째선지 새빨간 얼굴로 근처에 있던 아오이 뒤에 숨어 버렸다.

동전을 던지지 않았으니까 받을 수 없다…는 느낌은 아니었다.

'왜 그러지?'

탄지로가 고개를 갸웃거리자,

"야, 탄지로. 왜 너 혼자만 카나오랑 알콩달콩 얘기하냐?"

"왜 그래, 젠이츠? 표정이 무서워."

"순진한 얼굴을 해서는…. 나보다 먼저 행복해지면 저주할 거다?"

"???"

질투심을 폭발시킨 젠이츠가 이를 뿌득뿌득 갈면서 따지고 들었다. 지금 당장에라도 저주받을 듯한 기세였다.

영문 모를 탄지로가 몹시 당황하자, 시노부가 "자, 자."라고 미소를 지으며 끼어들었다.

"젠이츠도 무사했으니까요. 임무를 마치고 오는 길에 가짜

점쟁이까지 붙잡다니, 여러분은 정말로 사이좋은 동기네요."

그녀는 웃는 얼굴로 그 자리를 정리해 줬다.

아오이가 목욕물을 새로 받았다는 말에 셋이서 목욕탕으로
향했다.

"난 목욕 따위 하기 싫어. 찬물만 끼얹으면 그만이야."

떼를 쓰는 이노스케를 탄지로가 잡아끄는데 등 뒤에서,

"…도와줘서 고마워."

라는 작은 목소리가 들렸다.

탄지로, 이노스케, 라고.

정말로 자그마한 그 목소리에서는 묘한 진지함과 쑥스러움
이 묻어났다.

"젠이츠?"

뒤를 돌아본 그곳에 있는 사람은 이미 평소의 젠이츠라서,

"하아… 정말, 오늘은 지독한 하루였어."

지긋지긋하다는 얼굴로 그렇게 투덜거렸다.

그러고는,

"먼저 들어갈게."

라는 말을 남기고 재빨리 목욕탕으로 향했다.

"……."

탄지로는 그런 고집쟁이 친구의 뒷모습을 보며 빙그레 미소를 지었다.

―여러분은 정말로 사이좋은 동기네요.

시노부의 말이 귓가에 맴돌았다.

그런가?

처음으로 귀살대 대원이 된 무렵부터 줄곧 함께 지낸 탓인지 본인으로서는 알 수가 없었다.

그러나 장구 저택 임무에서 만난 게 이 두 사람이라서 정말 다행이었다고 생각한다.

함께 있기에 극복할 수 있었던 시련도 있었다.

가늘 길 없는 슬픔에 잠식되지 않고 꿋꿋이 앞으로 나아갈 수 있었다.

혼자가 아님은 참으로 행복한 일이다.

"목욕물에는 들어가 주겠는데, 몸은 안 씻을 거야."

"안 돼. 아오이 씨도 말했잖아? 욕조에 들어가기 전에 깨끗이 씻어야 해."

"그 땅꼬마가 진짜!"

"그런 말 하는 거 아니야. 우리 모두를 생각해서 하는 소리니까. 자, 가자. 이노스케."

또 한 명의 친구를 목욕탕으로 이끌면서 탄지로는 한 번 더 미소 지었다.

툇마루 밖으로 보이는 밤하늘에는 금방이라도 쏟아져 내릴 듯한 별들이 빛나고 있었다.

제 4 화

아오이와 카나오

나는 카나오가 불편했다.

딱히 싫은 건 아니다. 단지 대하기가 껄끄러울 뿐. 특별히 무슨 짓을 당한 것도, 명확한 충돌이 있었던 것도 아니다.

츠유리 카나오는 말하자면 인형 같은 소녀였다.

일단 말을 걸어도 대답이 없다. 언제나 공허한 미소를 지으며, 스스로는 아무것도 정하지 못해서 동전을 던져 결정한다.

그런 카나오를 보면 성미가 급한 나는 짜증이 치밀었고 때때로 진절머리가 나는 순간도 있었다.

나이만 따지면 내가 연상이지만, 계급은 카나오가 훨씬 위였다. 뭐니 뭐니 해도 그 어린 나이에 주의 기술을 계승하는 '츠구코'로 뽑힐 만큼 도깨비 사냥의 재능이 넘쳤다.

반면에 나는 순전히 행운이 따라준 덕에 최종선별에서 살아남았지만, 그 이후로는 겁에 질린 나머지 실전 경험을 쌓지 못하는 얼간이다. 그런 날 동정하신 시노부 님 덕분에 이 나비 저택에 머물며 부상당한 대원을 간호하고, 회복한 대원의 재

활 훈련을 돕고 있다.

도깨비를 죽이지 못하는 대원에게 과연 존재 가치가 있을까?

있을 리가 없다.

나는 귀살대의 짐짝이다.

그 때문에 카나오를 마주하면 마음속에서 묘한 불쾌감이 일렁였다. 그것이 열등감임을 깨달았을 때, 보잘것없는 자신에게 짜증이 났다.

점점 자신이 싫어졌다….

그러던 때, 어떤 이가 말해 줬다.

"날 도와준 아오이 씨는 이미 나의 일부니까. 아오이 씨의 마음은 내가 싸우는 곳에 같이 품고 갈 거야."

이런 쓸모없는 대원을 자신의 일부라고, 갈 곳 없는 이 마음을 전장으로 데려가 주겠다고….

일말의 잘난 체도, 망설임도 없이. 해님 같은 미소를 지으며 그 사람은 말해 줬다.

그래서 힘내기로 마음먹었다. 자신이 할 수 있는 최대한의 노력을 하자고….

‘그랬는데….’

음주(暗柱)님께 임무에 동행하라는 명령을 받았을 때, 내 몸은 맥없이 떨렸다. 도깨비를 마주하는 공포가 떠올라서 나호를 감싸지도 못한 채,

“카나오! 카나오!!”

바보같이 그 이름만 계속 외쳐 댔다.

그런 나의 손을 카나오는 잡아 줬다.

동전도 던지지 않고, 미간을 찡그리고, 어금니를 꽉 깨물고서 음주님이 무슨 말을 해도 그 손을 놓지 않았다.

그때 일의 감사 인사를 나는 아직 하지 못했다….

“심부름이요?”

“네, 두 사람에게 부탁하고 싶어요.”

상관인 시노부의 방으로 호출당해서 음주와의 사건으로 질책을 받는 줄 알았는데, 그런 건 아니었다.

그나저나 이렇게 둘이 같이 심부름을 부탁받는 건 흔치 않은 일이었다.

아오이는 옆에 앉은 카나오를 슬쩍 곁눈질했다.

카나오는 평소와 별반 다르지 않은 표정으로 허공을 바라보고 있었다. 그 심중은 도통 알 길이 없었다.

"사다 줬으면 하는 약재들은 여기에 적어 놨어요."

시노부는 그렇게 말하고 생글생글 웃었다.

말을 안 하는 카나오와 단둘이 외출. 예전이라면 아무리 경애하는 시노부의 분부라도 기분이 침울해졌을 터였다.

그러나 지금의 아오이에게는 절호의 기회였다.

마침내 그때의 감사 인사를 할 수 있겠다 싶어서 "알겠습니다."라고 대답하며 고개를 숙였다.

"다녀오겠습니다."

"잘 부탁할게요. 탄지로네가 이번 임무를 끝내면 아마 여기로 돌아올 테니까요."

시노부가 큰 의미 없이 덧붙였다.

하지만 아오이는 그 말을 듣고 움찔 놀랐다.

"우즈이 씨가 함께 있으니 걱정 없겠지만, 대비는 최대한 해 놓고 기다리자고요."

"……."

그렇다. 그들은 자기를 대신해 임무를 수행하러 갔다.

'내가 한심해서….'

입술을 슬며시 깨물었다. 모쪼록 위험한 임무가 아니면 좋으련만. 그러나 그건 뻔뻔스러운 소망이었다. 주가 움직일 정도의 임무라면 잔챙이 도깨비 퇴치는 아닐 게 분명했다.

무한열차라는 열차에 잠복한 도깨비를 퇴치하러 갔을 때도 그들은 만신창이가 되어 돌아왔다. 몸도 마음도 상처 입어서 보기 안쓰러울 만큼 피폐해진 상태로….

심지어 이번에는 자신 때문이었다.

'…부디, 부디 무사하기를….'

차라리 울고 싶은 심정으로 기도했다.

'반드시 다 함께 돌아와 줘….'

무릎 위에 올린 손가락 끝이 떨렸다. 멈추려 해도 멎질 않았다.

아오이는 나약한 자신을 책망하며 눈을 질끈 감았다.

✤

시노부의 단골 약재상은 나비 저택에서 조금 떨어진 번화가에 있었다.

아오이도 시노부를 따라 몇 번인가 온 적 있었다.

"어서 오세요."

손님을 맞이하는, 너무 앙상해서 말라비틀어진 가지 같은 얼굴의 가게 주인이 낯익었다.

"약재를 구입하러 왔습니다만."

카나오는 기본적으로 말을 하지 않으므로 아오이가 시노부의 쪽지를 손에 들고 이것저것 지시했다. 좋은 약재를 고르는 안목에 관해서는 별로 걱정이 없었다.

그러나 약재 값을 치르려 할 때 아오이의 얼굴이 창백해졌다.

틀림없이 챙긴 지갑이 없는 것이다.

시노부에게 받은 돈을 넣은 지갑이 어디에도 보이지 않았다.

한참 대원복 주머니를 필사적으로 뒤지던 아오이가,

'…아.'

하고 입가로 손을 갖다 댔다.

저택을 나서는 길에 갑자기 돈을 지불할 일이 생겨 대원복에서 꺼낸 뒤에 그대로 책상 위에 두고 와 버린 것을 떠올리고는 망연자실했다.

평상시라면 절대로 하지 않을 실수였다.

"……."

카나오가 뭔가를 알아챈 듯이 이쪽을 물끄러미 바라봤다.

"…카나오, 미안."

갈라진 목소리로 중얼거린 다음 아오이는 코끝이 무릎에 닿을 정도로 머리를 깊이 숙였다.

"지갑을 깜박했어!!"

카나오에게서는 아무 대답이 없었다.

창피함과 한심함 때문에 차라리 사라져 버리고 싶었다.

운 나쁘게도 어디까지나 약재 심부름이 목적이었기에 아오이뿐만 아니라 카나오도 본인의 지갑을 가져오지 않았다.

카나오가 늘 지니고 다니는 동전을 빤히 쳐다보다 약간 쩔쩔매는 것을 보고,

"설마 그걸 빼앗지는 않아."

라며 힘없이 웃었다.

여러 번 방문했던 가게이기도 해서 부끄러운 걸 꾹 참고 외상을 부탁했지만, 의심 많은 주인장은 좀처럼 허락해 주질 않았다.

"사정은 알겠지만… 우리도 빚지고 장사하는 게 아니니까. 공교롭게도 오늘은 어머니가 자리를 비우셔서… 나 혼자 결정할 수가 없어."

그렇게 말하면서 뺀들뺀들 얼버무렸다.

"애초에 너희는 뭐 하는 사람이니? **귀살대**라는 곳은 어떤 모임인데?"

"아…."

새삼스레 질문을 받아서 아오이의 말문이 턱 막혔다.

이럴 때 정부 공인 조직이 아닌 것이 못내 아쉬웠다.

도깨비 이야기를 해도 믿어 주지 않기 때문에, 등꽃 문양이 박힌 집 등을 제외하면 귀살대의 사회적 신뢰도는 결코 높지 않았다. 사람들을 위해 목숨을 걸고 도깨비와 싸우는데도 대원들은 일륜도조차 마음대로 가지고 다니지 못하는 실상이있다.

아오이가 선뜻 대답하지 못하자 주인장은 수상쩍은 눈빛으로 아오이와 카나오를 쳐다봤다.

"여자들만 모여서 뭐 해? 전에 왔던 사람도 묘하게 요염했고…. 설마 떳떳하지 못한 장사를 하는 건 아니겠지?"

"!!"

약재를 사러 오는 나비 저택의 사람들이 모두 여자다 보니 이런 터무니없는 의심을 하는 것이리라.

그러나 주인장의 음흉한 눈빛에 화가 난 아오이는,

"알겠습니다, 외상 이야기는 없던 걸로 해 주세요! 그럼 가보겠습니다!!"

정중하게 인사한 후 카나오를 잡아끌어 가게 밖으로 나와 버렸다.

그리고 곧바로 후회했다.

'…난 몰라.'

손으로 머리를 감쌌다. 지금부터 나비 저택으로 돌아가 지갑을 챙겨온다 해도 가게 영업시간 안에 돌아오기는 도저히 불가능했다.

역시 발끈하지 말고 무슨 말을 듣든 잠자코 비는 게 나았던 것이다.

그러나 시노부까지 그런 식으로 희롱하고 귀살대를 모욕하니 참을 수 없었다.

'난 바보야…. 바보, 바보, 바보!'

그 사람이 해 준 말을 헛되이 하지 않기 위해서라도 앞으로 나아가겠다고, 그렇게 결심했건만.

의욕만 앞서서 공만 치는 현실이 비참했다.

오늘 사려고 한 물건들, 약재도, 의료용 술도, 붕대로 쓸 무명도 모두 필수불가결한 것들이다.

만약 의료용품이 부족할 때 그들이 돌아온다면?

시노부라도 치료하기 어려운 큰 부상을 입었다면?

나 때문에 그들에게 불상사가 생긴다면…?

상상한 것만으로도 몸이 볼썽사납게 떨렸다. 자신의 얼빠진 행동에 눈앞이 캄캄해졌다.

"…미안해, 카나오."

그때의 감사 인사를 할 상황이 아니었다.

시무룩하게 고개를 숙인 아오이는 카나오에게 다시 한번 사과했다. "도깨비가 무서워서 임무를 수행하러 가지 못하는 시점에 이미 충분히 짐짝인데… 심부름조차도 제대로 못 하다니…. 정말 최악이야."

자기가 말하면서 눈물이 왈칵 터지려는 것을 필사적으로 참았다. 목 안쪽이 뜨거워지고 코 안쪽이 시큰거렸다.

"나는… 나 자신이 한심해서…."

"……."

"…역시 한 번 더 부탁하고 올게. 돈은 내일 가져와도 되냐고."

그렇게 말하고 뒤돌려 하는데 카나오의 손이 아오이의 머리 위로 뻗어 왔다.

어딘가 어색하게 아오이의 머리를 쓰다듬었다.

그건 소녀다운 부드러운 손이 아니었다. 고된 훈련으로 피부가 두꺼워진 소녀의 손. 싸워서 누군가를 지켜 온 그 손에 아오이의 눈물이 멎었다.

"카나오…."

아오이가 당황한 목소리로 이름을 부르자 소녀는 살짝 미소 짓더니 아오이의 손을 잡았다. '가자'도, '괜찮아?'라는 말도 없이 카나오가 걸음을 내디뎠다.

아오이는 말없이 자신의 손을 당기는 소녀에게 물었다.

"나비 저택으로 돌아가게?"

"……."

카나오는 아무 말도 하지 않았다. 그렇다고도, 아니라고도.

"하지만 이쪽은 나비 저택으로 돌아가는 방향이… 게다가 아직 약재가."

아오이가 주저하면서 점점 멀어져 가는 가게를 어깨 너머로 돌아봤다. 그러나 아오이의 말이 들리지 않는 것처럼 카나오는 성큼성큼 걸어갔다.

이런 점은 역시 영문을 알 수 없는 아이라고, 아오이는 반쯤 포기한 심정으로 탄식했다.

한참을 걷다가 문득 카나오의 발이 멈췄다.

길을 가던 사람들이 어느 한 곳에 모여 있었다.

"? 저게 뭐지?"

아오이가 골똘히 응시했다. 보아하니 주류상 앞에서 뭔가를 하는 듯했다.

구경거리라도 있나?

멍하니 그런 생각을 하고 있자 근처에 서 있던 고급스러운 차림의 할머니가,

"어머나, 귀여운 아가씨들이구나. 시간 되면 보고 가려무나."

라고 말하며 약간은 강제로 두 사람의 소매를 잡아당겼다.

"아뇨, 저희는….""

"잘 보니까 어디서 본 적 있는 얼굴인걸? 사양 말고 구경하렴. 과자조가 상당히 치열하단다."

권유에 못 이겨서 하는 수 없이 구경꾼 사이로 가게 앞을 보니, 남녀 여러 명이 많이 먹기 시합을 벌이는 중이었다. 많이 먹고 많이 마시기 대회는 에도 시대에 성행했다고 하나, 최근에는 부쩍 보기 어려워진 대중오락이다.

만주 45개, 양갱 7줄, 청대콩떡 70개, 단무지 4줄이라는 믿기 어려운 기록들이 난무해서 아오이는 귀를 의심했다.

그중에서도 중앙에 떡 버티고 앉은 씨름꾼의 식욕이 어마어마해서, 양갱 한 줄을 순식간에 해치운 다음 만주를 획획 집어 삼켰다.

보는 사람이 다 체할 것 같았지만, 아오이는 그 이상으로 카나오의 반응이 궁금했다.

카나오 본인에게서 들은 건 아니지만, 카나오의 친부모는 가난 때문에 돈을 받고 딸을 팔았다고 한다. 팔려가던 모습을 시노부와, 지금은 세상을 떠난 시노부의 언니가 보고 구해 줘

서 도깨비 사냥꾼으로 성장했다.

그런 그녀가 이걸 보고 어떻게 생각할지가 걱정이었다.

"카나오…?"

조심스럽게 옆에 선 카나오를 보니, 소녀는 평소와 마찬가지로 감정이 있는 듯 없는 듯한 표정으로 구경거리를 멀뚱히 보고 있었다.

굶주려서도 아니고, 살기 위해서도 아닌, 오락을 위해 대량의 식량이 소비되어 갔다.

그걸 지켜보는 소녀의 옆모습에 어째선지 아오이는 이루 말할 수 없는 서글픔을 느꼈다.

"가자."

이번에는 아오이가 카나오의 손을 이끌었다.

힘주어 꼭 붙잡자 카나오는 말없이 아오이를 바라봤다. 의아해하는 얼굴이었다.

그대로 자리를 뜨려 하는데….

사람들 사이에서 비명이 터져 나왔다.

"?!"

돌아보자 아까 그 씨름꾼이 바닥에 쓰러져 있었다. 손에서 떨어진 만주가 데굴데굴 굴러다녔다.

"으… 으… 우으… 윽…."

젊은 씨름꾼은 사색이 된 얼굴로 잠시 신음했지만, 이내 눈을 까뒤집으며 의식을 잃었다. 입에서는 대량의 거품을 뿜었다. 구경꾼들이 다시 비명을 질렀다.

"뭐, 뭐지? 만주가 목에 걸렸나?"
"이봐! 입을 억지로 벌려!"
"물이라도 먹여야 하나?"

남자들의 목소리가 들려왔다.
아무래도 엉뚱한 처치를 행하려 했다.
그냥 놔둬선 안 돼. 그렇게 생각한 순간, 몸이 움직였다.
"실례합니다! 실례합니다… 지나가게 해 주세요!! 지나갈게요…!"
억지로 인파를 뚫어서 중앙으로 들어갔다.
씨름꾼 옆에 무릎 꿇고 앉아서 호흡, 맥박, 동공, 입 안, 흉부의 소리 등을 순서대로 살폈다. 아오이의 얼굴에서 핏기가 사라졌다.
'역시나…. 이건 음식이 목에 걸린 단순한 상태가 아니야.'

딱 잘라 말해서 상당히 위험한 상황이었다. 만약 이 자리에 시노부가 있다면 어떻게든 해결하겠지.

하지만 지금 여기 있는 건 자신뿐이었다.

내가 할 수 있을까? 남의 생명을 책임지는 일을. 도깨비와도 변변히 대치하지 못하는 내가….

'그치만, 하지 않으면 이 사람은….'

아오이는 입술을 꽉 깨문 다음 의학서에서 읽은 이런 상황의 응급처치 방법과 수순을 떠올렸다. 한 번 크게 심호흡을 내쉬고 주위의 구경꾼들을 향해,

"이분은 지금 당장 처치를 받지 않으면 위험합니다. 누군가 근처의 의사 선생님을 모셔와 주세요!!"

가까이에 서 있던 남자가 "으, 응! 내가 다녀올게."라고 외치며 달려갔다.

이어서 아오이가 옆에 있는 카나오를 쳐다봤다.

"카나오, 이 가게 점원한테 가서 지금부터 내가 말하는 걸 받아다 줘."

다급한 마음으로 치료에 필요한 최소한의 물건을 이야기했다. 말을 마친 뒤에 떠올랐다. 카나오는 이래서는 움직이지 못한다.

"동전을…."

뒤돌아보는 아오이의 시야로 이미 가게 안을 향해 달리는 카나오의 뒷모습이 보였다.

"……."

상사인 시노부의 명령이 있었던 것도 아니고, 동전을 던져서 정한 것도 아닌데 카나오는 아오이의 부탁을 들어준 것이다.

그 행동에 당혹감과 감동을 느끼면서 아오이는 다시 환자 쪽에 집중했다.

그러자 구경꾼들 안쪽에서 "이봐, 이봐."라는 소리가 들리더니 딱 봐도 건달임을 알 수 있는 젊은 남자가 팔짱을 끼고 나타났다.

"아가씨는 뭐야? 난 그 씨름꾼한테 큰돈을 걸었어. 목에 걸린 것만 꺼내면 더 먹을 수 있잖아? 괜히 유난 떨어서 승부를 방해하지 말라고."

씩씩거리는 숨에서 술냄새가 진동했다.

아마 친구들끼리 돈내기라도 벌이는 중이었으리라. 한창 즐기던 승부가 중단된 것이 아니꼬웠는지 씨름꾼을 향해 팔을 뻗었다. 아오이는 발끈해서 그 손을 찰싹 쳐냈다.

"제 말이 들리지 않았습니까? 이분은 바로 처치를 안 받으면 목숨이 위험하다고요."

"아앙?"

"치료하는 데 방해됩니다. 물러나 주세요."

"뭐라고, 이년이…."

안색을 확 바꾼 남자가 덤벼들었다.

아오이는 날렵하게 피한 다음 남자의 팔을 붙잡아 내동댕이쳤다.

대원으로서는 반푼이여도 그 지옥 같은 수련을 견뎌 낸 몸이었다. 이런 남자 한 명쯤 아무것도 아니었다.

"물러나라고 했을 텐데요."

"…이, 이게…!"

"계속 방해할 생각이라면 다음에는 이 팔을 부러트리겠습니다."

두 눈을 가늘게 뜨며 싸늘한 말투로 예고하자 남자는 마른침을 꿀꺽 삼켰다.

위협이 통했는지 남자는 욕지거리를 내뱉긴 했으나 "두고 보자!!"라는 뻔한 말을 남기며 사라졌다. 돌연 환호하는 구경꾼들에게,

"여러분도 부디 조용히 해 주시길 부탁드릴게요."

그렇게 당부한 다음 아오이는 다시 씨름꾼의 상태를 살폈다.

이어서 기도를 확보하자 때마침 카나오가 필요한 물건을 전부 챙겨서 이쪽으로 달려오는 게 보였다….

"이 아가씨들이 없었다면 이 씨름꾼은 죽었을지도 모르네."

그 후, 마침내 찾아온 노의사의 말에 아직 남아 있던 구경꾼들에게서 환호성이 터져 나왔다. "해냈구나." "아주 잘했어." 따위의 말이 여기저기서 들려왔다.

"아이고야~ 대단하구나, 너희."

조금 전에 두 사람에게 구경을 권했던 할머니도 그 중 하나라서, 감격한 표정으로 그렇게 말하고는 대회의 주최자인 주류상 주인의 살찐 어깨를 철썩 때렸다.

"자, 요시타로 씨. 아가씨들한테 사례라도 해 드려. 만에 하나 사망자가 나왔다면 지금쯤 난리가 났을 거야. 인색하게 굴

지 말고."

"저도 알아요. 나 참, 카요 씨한테는 못 당하겠다니까. 오늘은 정말 감사했습니다. 변변찮은 물건이지만…."

할머니와 주인장은 아는 사이였는지, 감사 인사와 함께 주인장이 내민 것은 술 한 통과 쌀 한 가마였다.

"모쪼록 가져가 주십시오."

"……."

우승자에게 증정될 예정이었을 그 선물은 '변변찮은' 물건이라고 할 만한 양도 아니거니와 간단히 '가져갈' 수 있는 것도 아니었다.

그러나 술은 원래부터 구입할 예정이었으니 감사했고, 쌀도 팔면 돈이 된다. 그걸로 약재와 무명을 살 수 있겠다고 생각하니 무게쯤이야 큰 문제가 아니었다.

카나오는 느긋하게, 아오이는 비틀비틀 걷기는 했지만 둘이 나눠서 짊어졌다.

카나오가 다시 앞장서서 걸었다.

역시 저택으로 돌아가는 길과는 반대였다.

대체 무슨 생각인지 의아해하다가,

'맞다… 인사. 카나오에게 고맙다고 해야 해.'

라고 퍼뜩 떠올렸다.

음주와의 사건도 그렇지만, 조금 전의 일도.

카나오가 아오이의 부탁을 듣고 신속하게 움직여 줬기에 그 씨름꾼을 구할 수 있었다. 자기 혼자서는 어려웠다.

"…저, 저기… 있잖아. 카나오?"

쌀가마를 짊어진 등에 대고 말을 걸었다.

"……."

카나오가 걸음을 멈추고 고개를 돌렸다.

"저기… 그게."

"……."

카나오가 아오이의 다음 말을 기다리듯이 이쪽을 바라봤다.

말해야 한다고 생각한다.

하지만 새삼 말로 표현하려니 이상하게 쑥스러웠다.

아오이가 적절한 말을 고르고 있을 때, 갑자기 귀청을 찢는 듯한 노성이 들려왔다.

"이년아, 죽일 테면 죽여어어!!"

"보채지 않아도 죽여 줄게! 이 쓸모없는 식충이가!!"

"?!"

순간적으로 몸이 얼어붙었다.

이어서 물건이 마구 깨지는 소리가 울려퍼졌다. 아이의 울음소리도 들렸다.

"뭐, 뭐지? 무슨 일이야?" "……."

주변을 둘러보는 아오이 앞에서 카나오가 손가락을 슥 들어올렸다. 그 끝에는 표구사 뒤의 살림집이 있었다.

그곳에서 들려온다는 뜻이리라.

좁은 골목길로 들어서자 약 9척 정도의 연립주택이 있었다. 집 한 채를 칸막이로 구분한 공동주택이었다. 그중 한 집의 장지문이 반쯤 열려 있고 깨진 밥그릇과 찻잔 등이 집 밖까지 마구 널려 있었다. 아오이가 침을 꿀꺽 삼켰다.

"…실례합니다. 괜찮으세요?"

말을 걸자마자 키가 큰 호리호리한 남자가 구르듯이 튀어나왔다. 그 뒤를 쫓듯이 젖먹이를 업은 여자가 나타났다.

그 손에 들린 물건을 보고 아오이는 흠칫 놀랐다.

그녀는 서슬 퍼런 식칼을 쥐고 있었다.

어둑한 방 안에서 아이들의 울음소리가 들려왔다.

"이제껏 참아 왔지만 더는 못 참아…. 이걸로 잘게 다져 주겠어!! 이 얼간이 같으니!"

"할 수 있으면 어디 해 보시지! 뚱뚱한 여편네야."

"뭐라고?! 한 번 더 말해 봐!!"

"그래! 몇 번이든 말해 주마!! 이 100관*짜리 여편네!!"

폭언에 격노한 여자가 통나무 같은 팔로 남편의 목을 부득부득 졸랐다. 남편이 버티지 못하고 단말마의 비명을 지르려는 순간에 어안이 벙벙해서 서 있던 아오이가 정신을 차렸다.

"그만하세요!! 그러다 정말로 죽겠어요!!"

"말리지 마!! 당신하고는 상관없잖아?!"

여자가 핏발이 선 눈으로 이쪽을 노려봤다.

그 위세에도 기죽지 않고 두 사람을 떼어 놓은 아오이가 물었다. "왜 그렇게 화가 나신 겁니까?"

"이 등신이 모아놓은 돈 전부를 술이랑 도박에 써 버렸어!! 쌀통은 텅 비었지! 비상금도 없지! 이대로 가다간 눈 깜짝할 사이에 온 가족이 굶어죽을 거야!!"

아내는 속사포같이 말한 뒤에 남편을 던져 버리고는 그 자

※관(貫) : 척관법의 무게 단위. 1관＝3.75kg.

리에 쭈그려 앉아서 구슬프게 울기 시작했다.

바짝 마른 입술 사이로 "으허어엉, 으허어엉." 하고 터져 나오는 울음소리는 흡사 짐승의 포효 같았다.

"…미, 미츠." 이쯤 되니 남편도 걱정스러운 표정을 보였다. "미… 미안해. 용서해 줘."

이렇게 빈다며 땅바닥에 머리를 박았다.

그때 집 안에서 소년이 어린 소녀의 손을 잡고 나왔다. 7살과 5살 정도일까? 소녀는 울고 있었고, 오빠는 필사적으로 눈물을 참았다.

울지 말라며 애써 모친을 달랬다.

"내가 열심히 일할 테니까!!"

의지가 강해 보이는 소년의 다정한 얼굴이 한 대원과 겹쳐졌다.

"그러니까 울지 마! 내가 어른이 되면 소처럼 일하고 높은 사람이 돼서, 우리 가족 편히 살게 해 줄게!!"

소년의 갸륵한 말을 들은 아오이가 카나오에게 슬쩍 눈짓을 했다.

그러나 카나오는 눈치채지 못했다. 두 눈을 가늘게 뜨고서 흐느껴 우는 일가족을 응시하고 있었다. 그것은 너무나 먼, 두

번 다시는 손에 넣지 못할 무언가를 바라볼 때 같은 눈빛이었다.

"카나오."

조심스럽게 말을 걸었다. "쌀을."이라고 말하니 카나오는 그제야 아오이의 의도를 알아차린 듯이 작게 끄덕였다. 등에 지고 있던 쌀가마니를 쿵 하고 내려놓았다.

"괜찮으시면 이 쌀을 써 주세요."

아오이가 그렇게 말하자 부부가 깜짝 놀라서 얼굴을 들었다.

"이만한 양이면 당분간은 버티실 거예요. 팔아서 돈으로 바꿀 수도 있고요."

"?! 애야, 정말이니? 아니지, 정말이십니까?! 아가씨."

"하지만 준다고 넙죽 받을 수는…."

"약속해 주세요. 이 쌀을 팔아서 받은 돈은 절대로 술이나 도박에 사용하지 않겠다고요."

"네, 네!! 그야 물론입죠!!"

마치 부처님 앞에서 비는 모습으로 남편이 맹세했다.

"다시 태어났다는 심정으로 새 출발 하겠습니다!! 아내와 아이들을 고생시키는 짓은 결단코 하지 않겠어요!!"

"…좋습니다."

고개를 끄덕인 아오이가 발길을 돌렸다.

그대로 골목을 나서려는데,

"당신들은 왜 생전 처음 보는 우리를 위해서…?"

등 뒤에서 아내의 목소리가 들려왔다.

아오이는 잠시 망설였다. 뭐라고 대답하면 좋을지 몰랐기 때문이다.

그저 효심 깊은 소년을 도와주고 싶었다.

가난한 생활 속에서도 아이들을 팔 생각은 티끌만큼도 하지 않고, 차라리 다 함께 굶어죽는 길을 택한 모친을 도와주고 싶었다.

그뿐이었다….

다만, '도와주고 싶다'는 건 뭔가 다르다는 기분이 들었다. 매우 오만한 표현으로 느껴졌기 때문이다.

…그러자.

"누나들, 잠깐만…!!"

소년이 동생을 이끌고 쫓아왔다.

"고마워… 고맙습니다!!"

그렇게 말하고 소년은 머리를 깊이 숙여 인사했다. 동생도 오빠를 따라 고개를 꾸벅 숙였다.

"이건 우리 아빠가 파는 물건인데요…."

소년이 주머니 속에서 바람개비를 꺼내 내밀었다. 답례로 주겠다는 뜻이겠지만, 아오이는 받기를 일순 주저하고 말았다.

그들의 가정 사정을 고려하면 기껏해야 바람개비 한 개가 아니었다. 팔면 돈이 된다.

그러나 아오이가 머뭇거리는 사이, 카나오가 소년에게서 바람개비를 받아들었다. 동전을 던진 건 아니었다.

그렇지만 망설임이라고는 없는 지극히 자연스러운 동작이었다.

카나오가 작은 목소리로,

"…고마워."

라고 말하자, 소년은 매우 기뻐 보이는 얼굴로 웃었다.

진심에서 우러난 환한 미소였다.

"……."

아오이가 깜짝 놀라 아무 말도 못 할 때, 소년은 몇 번이나 감사 인사를 하면서 동생의 손을 잡아 부모님이 있는 집으로

돌아갔다.

남겨진 아오이가 카나오를 바라보자, 카나오는 손에 쥔 바람개비에 입김을 훅 불었다. 빨간 바람개비가 빙글빙글 돌았다.

"…어째서?"

라고 물었다.

어째서 그렇게 순순히 받아들 수 있었어?

왜 동전을 던지지 않았어?

카나오는 한동안 빙글빙글 돌아가는 바람개비를 응시했지만, 이윽고 조용히 말했다.

"이건 저 아이의… 최대한의 성의였으니까."

"!!"

"받지 않으면 저 아이가 상처받아…."

"……."

아오이는 두 눈을 크게 뜬 채로 카나오를 바라봤다.

가슴이 너무 먹먹해서 아무 말도 나오지 않았다.

동시에 구제할 길이 없는 자신의 어리석음이 부끄러워졌다.

돕는다는 표현이 오만하다고 생각했으면서 소년의 답례를 받아들기를 순간 망설이고 말았다.

가슴속에 그들 가족의 가난한 저지에 내한 동정심이 있었기 때문이리라.

그러나 소년의 답례를 받지 않으면 자신들의 행동은 완전한 '자선 행위'가 되어 버린다. 소년은 '자선'을 달갑게 받아들이기를 꺼렸다.

카나오는 그걸 알고 있었기에 일말의 망설임도 없이 받아든 것이다.

'그에 비해서 나는….'

터무니없이 어중간한 위선자다.

아오이가 자기혐오에 빠져서 시무룩해하자, 카나오가 어서 가자고 하는 듯한 몸짓으로 재촉했다.

아오이는 힘없이 카나오의 뒤를 따랐다.

나비 저택으로 향하는 길은 아니었지만, 이제 그런 건 아무 상관없었다.

카나오를 따라서 한참 걸어가니 빨간 야외 우산이 보였다.

멍하니 '찻집이네.'라고 생각했다.

카나오는 찻집 앞에서 누군가를 두리번두리번 찾는가 싶더

니, 찻집 주인으로 보이는 노인에게 작은 목소리로 뭔가 질문을 던졌다.

"칸로지? 아, 미츠리 양 말이구나. 오늘은 안 왔어."

노인의 대답을 듣고 굉장히 실망한 기색을 보였다.

'미츠리 양…?'

시노부와도 친교가 있는 연주(戀柱), 칸로지 미츠리를 말하는 것이리라.

그러고 보니 이 근방에 미츠리가 자주 찾는 찻집이 있다는 이야기를 들은 적 있었다. 삼색 경단이 특히 맛있다고 했다.

'왜 카나오가 연주님을…? 시노부 님께서 전언을 부탁하시기라도 했나?'

그래서 약재상을 나온 뒤에 곧장 이쪽을 향했던 걸까?

그러나 그런 용건이 있다면 아오이에게도 알렸을 터였다.

거기까지 생각했을 때,

'아….'

하고 입가를 손으로 덮었다.

짚이는 구석이 딱 하나 있었다.

"설마 연주님께 돈을 빌릴 생각이었어?"

"……"

카나오는 잠시 망설인 뒤에 작게 "응." 하고 대답했다.

"아오이가 난처해했으니까."

"……."

"혹시나 싶어서, 조금도 도움이 안 됐지만."

"……."

뜨거운 물방울이 아오이의 볼을 타고 흘렀다.

그토록 꾹 참았던 눈물이 또록또록 넘쳐흘렀다.

깜짝 놀란 얼굴로 아오이를 바라보던 카나오가 이내 어쩔 줄 몰라 하며 아오이의 어깨로 손을 뻗었다.

"…고마워."

갈라진 목소리로 중얼거리자 가슴속이 거짓말처럼 편해졌다.

"오늘 하루 여러모로 도와주고… 음주님께 끌려갈 뻔했을 때 손을 잡아 줘서… 절대로 놓지 않아 줘서."

고마워, 라고 말하자 난감한 표정의 카나오는 살짝 쑥스러운 듯이 고개를 푹 숙이고 말았다.

마침내 감사의 말을 전했다.

그렇게 생각하고 있을 때,

"나 혼자였다면."

카나오가 조용히 말했다.

"씨름꾼이 쓰러졌을 때도, 부부 싸움을 목격했을 때도 어떻게 해야 할지 몰랐을 거야."

"카나오⋯."

아오이의 눈시울이 또다시 붉어졌다.

"언제부터⋯ 동전을 던지지 않아도 결정할 수 있게 된 거니?"

그렇게 묻자 카나오는 얼마간 입을 다물었지만,

"탄지로가⋯."

라며 뜻하지 않은 사람의 이름을 꺼냈다.

"말해 줬어. 내 마음대로 살라고, 힘내라고⋯. 그래서."

'아아⋯ 그런가.'

카나오의 하얀 뺨이 붉게 물든 것을 보고 아오이는 뼈저리게 납득했다.

뿌리 깊은 열등감과 죄악감에서 아오이를 해방시켜 준 것처럼 그의 말이 카나오를 변화시켰다.

그 해님 같은 소년의 말이 인형 같은 소녀를 인간으로 바꾼 것이다.

그래서 지금의 카나오는 이렇게나 부드럽고 온화한 표정을 지을 수 있는 것이겠지.

"……."

아오이는 다양한 생각이 담긴 눈빛으로 카나오를 바라봤다.

울고 싶을 정도의 따스함과, 소년에게서 격려의 말을 들은 게 자기 혼자만은 아니었음을 깨닫자 찾아온 어렴풋한 쓸쓸함. 그리고 두 사람에게만 통하는 마음을 공유한 듯한 어린아이 같은 기쁨이 한데 뒤섞였다.

지금까지 함께 지내면서도 어딘가 멀게 느껴졌던 소녀가 몹시도 친근하게 느껴졌다.

바로 옆에 카나오가 있다.

아오이가 말없이 소녀의 붉게 물든 뺨을 바라보고 있을 때,

"…자, 이거 먹거라."

나이 든 찻집 주인장이 차와 삼색 경단을 가져다줬다.

두 사람 옆에 있는 평상에 쟁반째 올려놓고 그대로 자리를 뜨려고 하기에,

"네? 아뇨… 저희는….'

지금 수중에 돈이 없다고 솔직하게 털어놓자 노인은,

"돈은 안 받아."

라고 말하고는 쓸쓸하게 웃었다.

"너희는 미츠리 양의 동료지? 귀살대였나?"

"? 어… 아, 네."

"내 딸이 도깨비에게 공격받았을 때 미츠리 양이 구해 줬단다. 말하자면 생명의 은인이야."

"……"

"고된 일이겠지만 힘내다오. 그렇다고 무리하지는 말고, 알았지?"

주인장은 그렇게 말하고 찻집 안으로 돌아갔다.

"……"

나이 든 주인장의 굽은 등과 김이 모락모락 피어오르는 차를 번갈아 쳐다봤다.

꾸밈없는 위로의 말과 다정한 눈빛에 가슴속 깊은 곳이 훈훈해졌다.

예전의 자신이라면,

"그런 이유라면 저는 사례를 받을 수 없습니다. 저는 싸움터에도 가지 못하는 반푼이라서요."

라는 비굴한 말을 내뱉었으리라.

그러나 지금은 그럴 생각이 들지 않았다.

귀살대원의 한 명으로서 귀살대의 사정을 이해하고, 감사의 말을 건네주는 사람이 있다는 사실이 그저 기뻤다.

코를 살짝 훌쩍인 아오이가,

"감사히 먹자, 카나오."

그렇게 말하며 미소를 짓자 카나오도 살포시 웃는 얼굴로 고개를 끄덕였다.

연주가 추천하는 삼색 경단은 역시나 맛있고, 아주 약간 짭짤했다.

찻집을 나서자 서쪽 하늘이 불긋불긋하게 물들어 있었다.

카나오와 둘이서, 해가 저물어가는 마을을 걸었다.

발밑으로는 세로로 긴 그림자 두 개가 쭉 뻗어 나갔다.

나비 저택으로 돌아가면 우선 약재를 사지 못한 것을 사과드리고, 내일 아침 일찍 사러 오자. 그런 생각을 하며 귀갓길에 올랐다.

그런데 마을 외곽까지 왔을 때쯤, 등 뒤에서 누군가가 달려오는 기척이 느껴졌다.

"저기… 너희! 그래, 너희 말이야!! 기다려 줘!!"

"?"

돌아보니 약재상 주인의 말라비틀어진 가지 같은 얼굴이 있었다.

"하아, 하아… 아아, 다행이다."

라며 거친 숨을 몰아쉬었다.

주인장이 숨을 다 고를 때까지 잠시 기다린 다음에,

"? 무슨 일이세요?"

라고 아오이가 물었다.

주인장은 겸연쩍은 웃음을 지으면서,

"낮에는 정말 미안했다."

그렇게 말하고는 낮에 아오이가 사려고 했던 약재를 포장한 보자기를 건네줬다.

"돈은 아무 때나 줘도 돼."

"네? 하지만….”

주인장의 갑작스러운 심경 변화에 아오이가 미간을 찌푸렸다. 카나오도 의아한 얼굴로 주인장을 쳐다봤다.

갑자기 무슨 바람이 불었나 싶어서 기쁨보다도 의심의 빛이 얼굴에 드러났으리라. 주인장은 멋쩍은 듯이 어깨를 움츠리고는,

"실은 말이지…."

주위의 눈치를 보듯이 목소리를 낮췄다.

"요컨대, 많이 먹기 대회에서 뵀던 할머님이 주인장의 어머님이셨다는 거죠?"
"네."

오늘 있었던 일을 전부 보고한 아오이에게 시노부가 재미있어하는 얼굴로 물었다.
아오이가 그렇다고 하자,
"그런 일도 있군요."
라며 감탄한 듯이 끄덕였다.

약재상의 할머니는 몇 번인가 가게 앞에서 시노부나 카나오, 또는 아오이를 본 적이 있었다고 한다. 아무리 양장이 보편화됐다고는 하나 귀살대 대원복은 특징적이다. 그래서 더욱 인상에 남았으리라.

가게로 돌아왔을 때 아들에게서 낮에 있었던 일을 듣고는 격노했다고 한다.

"그렇게 착한 아가씨들을 빈손으로 쫓아내다니, 네 눈은 멋으로 달고 다니는 게냐?! 장사란 말이다, 이익만 추구하면 되는 일이 아니야! 네게도 귀에 못이 박히게 가르쳤잖니! 자, 얼른 나가서 찾아와!! 멍청한 아들놈 같으니!"

모친의 절대적인 한마디에 주인장은 가게를 뛰쳐나왔다고 했다.

"심지어 아는 포목점에다 잘 말씀해 주셔서, 무명도 후불로 살 수 있었어요."

"어머나."

어지간히 어머니가 무서운가 보다며 웃은 뒤에,

"아주 잘했네요, 아오이."

라고 칭찬했다.

아오이는 머리가 날아갈 기세로 고개를 절레절레 저었다. 식은땀이 산산이 튀었다.

"다, 당치도 않습니다! 원인을 따지자면 제가 지갑을 놓고 간 탓이고⋯ 카나오가 함께 있어 줬기 때문에 그럭저럭 해결됐을 뿐."

"카나오도 같은 말을 했어요."

"네⋯?"

"하고 싶은 말은 전했나요?"

"?!"

깜짝 놀란 아오이가 고개를 들자 시노부는 다정하게 눈웃음을 지었다. "⋯그 반응을 보니, 잘 말한 모양이네요."

"⋯시노부 님."

"고민하는 건 결코 시간을 헛되이 보내는 게 아니에요. 마음을 단련하고, 강해지기 위해서는 필요한 일입니다. 하지만, 이것만은 부디 잊지 않았으면 해요. 아오이도, 카나오도, 키요도, 스미도, 그리고 나호도 모두 제가 아끼는 부하이자 소중한 가족이에요."

"⋯⋯."

상관의 아름다운 미소에 아오이는 양손으로 바닥을 짚고 머리를 깊숙이 숙였다.

어쩌면 시노부는 아오이가 품고 있던 카나오에 대한 복잡한 마음을 알아채서 단둘이 심부름을 보낸 것일지도 모른다.

다양한 감정이 끓어올라서 가슴이 벅찼다.

아오이는 한참 동안 고개를 들지 못했다.

시노부의 방을 나서자 바깥은 캄캄해진 뒤였다.

격자 창문의 장지를 통해 어슴푸레한 달빛이 새어 들어왔다.

오늘 사 온 약재를 서랍에 담고, 무명을 잘라서 붕대를 만들어 놔야 해…. 그렇지, 대원용 잠옷과 침구도 정리해 두자.

젠이츠가, 이노스케가, 네즈코가, 그리고 탄지로가, 목숨을 걸고 도깨비와 싸워 주고 있는 대원들이 언제 부상을 당해 돌아와도 괜찮도록.

'나도 귀살대의 대원이니까.'

주먹을 불끈 쥐었다.

그렇게 생각하는 자신에게 놀랐다. 마음이 이렇게 가벼워진 건 선별에서 살아남은 이후로 처음일지도 모른다.

언젠가는 살아남은 것에 죄책감을 느끼지 않고, 당당하게

살아갈 수 있게 될까?

자기 자신을 있는 그대로 좋아할 수 있게 될까…?

틀림없이 괜찮을 거라고 말해 주는 목소리가 들렸다. 누구의 목소리일까. 탄지로 같기도 하고, 시노부 같기도 하고, 카나오 같기도 했다.

카나오의 이름이 자연스럽게 떠오른 게 반가워서 아오이가 살며시 미소 지었다.

"아오이 씨, 요양 중인 대원이 붕대를 고정하는 방법에 관해서 물어보시는데요, 어떡하면 좋을까요~?!"

난처한 듯한 나호의 목소리가 들려왔다.

진지한 표정으로 돌아온 아오이는 "지금 갑니다."라고 대답하며 쏜살같이 병실로 향했다.

제 5 화

중고등 통합교 ☆
귀멸 학원
이야기!!

중고등 통합교 귀멸 학원.

귀멸 마을 주민들에게 사랑받는 지극히 평범한 학교다.

특출나게 학업 성적이 높은 명문교도 아니거니와 수준 낮은 꼴통 학교도 아니다.

그러나 딱 하나, 보통 학교들과는 다른 점이 있었다.

어째서인지 문제아들만 모인다는 것이다.

"선도위원을 관두고 싶다고?"

"…그래."

점심시간. 교사 뒤에서 친구에게 절실한 마음을 털어놓은 젠이츠는 시무룩한 얼굴로 고개를 끄덕였다.

오늘 아침 역시 이 문제아 학교에서 복장 체크를 시행한 그

는 흡사 낡아빠진 걸레 같았다.

늑대도 아니고 멧돼지 품에서 자란 소년으로 세상을 떠들썩하게 만든 하시비라 이노스케(셔츠 앞단추 하나도 안 잠금&맨발&도시락 외의 소지품 없음)며, 배구부 부장 스사 마루(항상 강철 마리공 소지)며, 최강 공포의 날라리 우메(못생긴 사람 싫어함&개조 교복. 심지어 야하다)&그 오빠(극도의 시스콤&싸움이 무진장 강하다)에게 받은 불합리한 처사로 인해 몸도 마음도 너덜너덜했다.

"더는 싫어…. 원래부터 하고 싶었던 것도 아니고, 어쩌다 내가 학교를 쉰 날에 위원회 소속을 정해 버린 것뿐이라구…."

젠이츠가 코를 훌쩍였다.

"내가 이 학교에서 선도위원을 맡는 건 처음부터 무리였어…"

탄지로가 양 눈썹을 축 늘어뜨린 얼굴로,

"난 젠이츠가 선도위원에 어울린다고 생각하는데."

라고 위로했다.

"이러니저러니 해도 넌 다정한 애잖아. 봐, 아버지의 유품인 이 피어스도 젠이츠 너라서 눈감아 준 거고."

그런 마음씨 착한 친구를 젠이츠는 매섭게 쏘아봤다.

"그럼 네가 하든가?! 나 대신에 선도위원을 해 줘!!"

"으음… 나는 아침엔 집안일을 도와야 하니까….”

탄지로네 집은 인기 있는 빵집이라서 매일 아침 천 개 정도 되는 빵을 굽는다. 그러나 그는 빵보다 밥파(派)라서, 매일 100% 일본식 아침상을 먹고 학교에 온다는 사실은 그다지 알려지지 않았다.

여담이지만 그의 누이동생, 카마도 네즈코는 상당한 미소녀인 데다 언제나 바게트 빵을 입에 물고 있기 때문에,

"네즈코랑 길모퉁이에서 부딪히면 '입에 빵을 문 미소녀와 길모퉁이에서 부딪힌다'는, 마치 순정만화 같은 시추에이션을 실현할 수 있어…!”

라는 소문이 돌지만, 아직 그 꿈을 이룬 자는 없었다.

그녀에게 강렬한 호감을 (일방적으로) 가져서 등하교 시간을 불문하고 전봇대 뒤에서 지켜보는 어떤 인물 때문이다. 평소에는 허당인 그가 카마도 네즈코만 관련되면 괴물 같은 힘을 발휘했다.

"그럼 최소한 내가 선도위원 일을 무사히 그만둘 수 있게 도와줘!!”

"그냥 토미오카 선생님께 말씀드리면 안 돼?”

탄지로의 순박한 질문에 젠이츠가 이보다 더 짜증 날 수 없

다는 표정을 지었다.

"그 사람이 순순히 들어줄 리가 없잖아! 내가 그만두고 싶다고 말하려 할 때마다 '머리카락 검게 물들이고 오라고 했지.'라고 터무니없는 트집을 잡으면서 때린다고!! 그 사람 진짜 왜 그런대?"

선도위원회 고문인 체육 교사 토미오카 기유는 언제나 언짢은 기색인 데다 말보다도 손이 먼저 나가기 때문에 탄지로 등 극히 일부 학생을 제외한 대부분의 학생들에게는 공포의 대상이었다.

그에 대한 대책을 세우기 위해 열린 PTA 총회의 숫자는 헤아릴 수 없으며, 이제는 아예 페어런트 티처 어소시에이션이 아닌 페어런트 토미오카 어소시에이션으로 바뀌었다나 뭐라나….

하기야 굉장히 맹한 부분이 있는 본인에게 면직의 위기감은 희박했다.

일찍이 비 오는 날에 주운 아기 고양이를 기른다는, 의외로 좋은 사람이 아니냐는 소문이 돈 적이 있지만, 진위 여부가 확실하지 않아서 이미지 개선에는 그다지 영향을 주지 못했다.

"그래도 결국은 토미오카 선생님께 허락을 받아야 할 텐데….”

“그 러 니 까! 벌써 여러 번 말했다니까!!”

짜증이 치민 젠이츠가 언성을 높였다.

“몇 번이나 말했는데도 좀처럼 얘기를 들어 주질 않아!! 그 사람! 말할 때마다 때린다고!! 말을 걸려고만 해도 때려! 진짜 뭐냐, 그 사람?! 왜 그런 게 교사야?! 토미오우웨엑!”

“젠이츠?!”

급기야는 토미오카의 이름을 입에 담기만 해도 구역질이 날 지경이었다. 이건 거의 토미오카 알레르기다.

자기 마음속의 어둠이 이렇게나 깊었다는 것에 놀란 젠이츠가 어안이 벙벙해 있자, 마침내 일의 심각성을 이해한 것인지 탄지로가 “…알았어.”라며 고개를 끄덕였다.

“젠이츠, 이런 건 어때? 토미오카 선생님의 기분이 좋을 때 말씀드리러 가자. 나도 같이 갈 테니까.”

“기분이 좋을 때? 그런 때가 있기는 해?”

월급날일까?

아니면 프리미엄 프라이데이*?

※프리미엄 프라이데이 : 매월 마지막 주 금요일에 3시간 일찍 퇴근하는 제도.

또는 데이트 약속이 있는 날?(애초에 상대가 있나?)

무엇이든 간에 기분이 좋은 토미오카의 모습은 도저히 상상이 안 됐다. 아니, 상상하기 싫었다.

젠이츠가 자신이 한 상상에 부들부들 떨고 있자,

"연어 무조림이야."

탄지로가 딱 잘라 말했다.

"뭐?"

"연어 무조림을 좋아하셔. 토미오카 선생님은."

"뭐야, 그게? 넌 그런 걸 어떻게 알아?"

"실은 내가 이 학교에 들어오기 전부터 기유 씨, 아니 토미오카 선생님은 우리 집 단골손님이셨어."

그런 연유로 다른 단골과 나누는 대화를 우연히 들었다고 한다. 심지어 어느 확실한 정보원에 따르면….

"연어 무조림을 드실 때만 아주 잠깐 웃는다나 봐."

"기분 나빠!! 웃어?! 그 사람이 웃는다고?!"

"…잘 들어, 젠이츠."

과장스럽게 부들부들 떠는 젠이츠에게 탄지로가 참을성 있게 말을 이었다. "토미오카 선생님은 매일 학교 식당에서 오늘의 생선 정식을 드셔. 그리고 오늘 메인 메뉴는…."

"…설마."

드디어 표정이 진지해진 젠이츠가 탄지로를 바라봤다. 친구는 힘차게 고개를 끄덕였다.

"연어 무조림이야."

"! 탄지로오오오오오오!!!!"

감격에 겨운 젠이츠가 뿌듯한 얼굴의 탄지로를 와락 껴안았다. 눈물을 줄줄 흘리면서,

"역시 넌 마음의 벗이야!!"

"아파, 젠이츠."

"그럼 지금 당장 학교 식당으로 가자!"

젠이츠가 친구를 재촉했다.

의기양양하게 학교 식당으로 향하니 토미오카는 창가 자리에 혼자였다. 앞에 놓인 트레이에는 오늘의 생선 정식이 놓여 있었다.

마침 두 사람의 위치가 토미오카의 대각선 뒤라서 표정까지는 보이지 않지만, 분명히 이제껏 본 적 없을 만큼 행복한 그의 얼굴이 있을 터였다.

탄지로가 말없이 고개를 끄덕였고 젠이츠 역시 고갯짓으로 대답했다.

토미오카의 옆까지 걸어간 젠이츠가,

"토미오카 선생님! 드릴 말씀이 있습니다!"

토기를 간신히 참고 이름을 부르자 토미오카가 돌아봤다.

"아가츠마….”

"전 이제 선도위원을 그만두고 싶….”

"넌 대체 언제쯤이면 머리카락을 검게 물들이고 올 거지?!”

젠이츠가 말을 다 마치기도 전에 역대 초고속의 라이트 스트레이트가 젠이츠의 얼굴에 날아와 박혔다.

연어 무조림의 행복감이 티끌만큼도 느껴지지 않는 펀치였다. 오히려 원념마저 느껴지는 표정으로,

"선도위원 머리가 그 모양이어서야 다른 학생들의 본보기가 안 되잖아. 지금 당장 물들이고 와라.”

"…….”

냉철한 교사의 말에 젠이츠가 소리도 없이 그 자리에 풀썩 주저앉았다.

'왜, 왜… 어째서…. 연어 무조림이 나오는 날에는 웃는다고 하지 않았나…?'

몽롱한 머리로 자문했다.

그런 그의 시야로 황급히 달려온 친구의 모습과 토미오카가 먹던 학식 트레이가 비쳤다.

그렇지만 파도 무늬가 그려진 사기 접시에 놓인 것은 연어 무조림이 아니라….

'이… 이럴 수가. 저건, 방어 무조림….'

이런 법이 어디 있느냐며 가슴속에 친구를 향한 원망을 남긴 채 젠이츠는 의식을 잃었다.

"정말로 미안했어, 젠이츠!! 이렇게 빌게!"
"…아니야… 어쩔 수 없지."

방과 후에 보건실로 자신을 데리러 온 탄지로가 고개를 푹 숙이며 사과하자 젠이츠는 침대 위에서 힘없이 고개를 가로저었다.

"물 좋은 연어를 못 구해서 급하게 방어로 바뀐 게 딱히 네 잘못은 아니고… 굳이 따지자면 내 운이 나쁜 탓이니까… 아하하하하."

"젠이츠…."

먼눈으로 창밖을 바라보는 젠이츠 앞에서 친구가 애처롭게 미간을 찌푸렸다.

그리고 애써 밝은 표정을 지은 다음,

"있잖아, 젠이츠. 그 이후에 생각해 봤는데."

"응?"

"토미오카 선생님 말고 다른 선생님께 상담해 보지 않을래?"

"토… 욱, 그 사람 말고 다른 선생님?"

하마터면 토할 뻔한 젠이츠가 황급히 호칭을 바꿔 말했다. "예를 들면?"

"음…."

탄지로가 곰곰이 생각했다.

"우즈이 미술 선생님이라거나?"

"기각!! 긴달 선생님만은 기각이야!! 싫어! 난 그 사람 완전 싫어!!"

"그럼, 쿄우가이 음악 선생님."

"쿄우가이 선생님은 네 얼굴만 봐도 기분이 불쾌해지시잖아?!"

"?"

자신이 상상을 초월하는 음치임을 조금도 알지 못하는 탄지로는 이상하다는 듯이 고개를 갸웃거린 다음 다시 끄응~하고 고민했다가 환한 표정을 지었다.

"그렇지! 렌고쿠 선생님이야!"

"! 그거다!!"

소리친 젠이츠가 보건실 침대에서 뛰어내렸다.

"렌고쿠 선생님이라면 토미… 그 사람한테 밀리지 않을 만큼 캐릭터가 독특하니까! 의외로 좋은 사람이고!!"

렌고쿠 쿄쥬로는 교육열이 강하고 역사애, 학생애로 넘치는 역사 교사다. 살짝 다른 사람 말을 듣지 않는 점도 있지만, 학생들 사이에서 인기는 높다. 귀멸 학원의 좋아하는 선생님 랭킹에서는 독보적인 1위이다.

그중에는 '걷어붙인 와이셔츠 아래로 쭉 뻗은 근육질의 팔을 보면 흥분된다.' '선생님의 넥타이 핀이 되고 싶다.' '언제까지나 강하고 생기 넘치는 선생님이셨으면 좋겠다….' 등 약간은 마니악한 의견도 들어 있다나 뭐라나.

그런 호감 이미지 덕분에 맞선 제의도 산더미처럼 들어와서 거절하는 것도 일이라고 한다.

"그런데 렌고쿠 선생님은 이 시간에 어디 계실까?"

"교무실에 계시지 않겠어?"

"…렌고쿠 선생님이라면 도서실에 계셨어."

"?!"

별안간 옆 침대에서 목소리가 들려오는 통에 깜짝 놀란 젠이츠는 그 자리에서 뛰어 오를 뻔했다.

침대 사이의 커튼이 살짝 걷히면서 남학생의 부루퉁한 얼굴이 보였다.

"아… 고, 고맙습니다."라고 젠이츠가 벌벌 떨면서 인사했다.

"죄송합니다. 시끄럽게 해서." 탄지로가 고지식하게 사과했다. 그러나 남학생의 언짢은 표정은 바뀌지 않았다.

"알았으면 빨리 나가. 나는 타마요 선생님이 계신 이 보건실에서 이렇게 혼자 타마요 선생님이 움직이시는 기척을 커튼 너머로 느끼며 누워 있는 시간을 방해받는 걸 제일 싫어해!"

밉살스럽게 말한 그는 촥 하고 커튼을 닫았다.

그와 교대하듯이 반대쪽 커튼이 걷히면서 보건의인 타마요 선생님이 얼굴을 들이밀었다.

"…어머나, 아가츠마 군. 정신이 들었구나. 다행이다."

"네, 네. 덕분에요."

"안색은 그리 나쁘지 않지만, 무리하지 말고 앞으로 30분은 더 누워 있다가 가렴. 알았지?"

타마요가 자애로운 얼굴로 상냥하게 미소 지었다.

그 순간 새하얀 커튼 너머에서 '빨리 돌아가.'라는 원념 같은 것이 전해져 왔다. 거의 살기와도 비슷한 그 기운에,

"이, 이제 완전히 좋아졌으니까 집에 갈게요!"

"감사했습니다!"

두 사람은 서둘러 인사한 다음 도망치듯이 보건실을 뛰쳐나갔다.

그는 틀림없이 '보건실 죽돌이, 유시로'다.

소문에 의하면 교실보다 보건실에 있는 시간이 압도적으로 긴 그는, 중병인이라 할지라도 보건실에 다가오는 자를 용서하지 않는다고 한다.

그가 몇 학년 몇 반인지도, 몇 살인지도, 정말로 귀멸 학원의 학생인지조차도 아무도 모른다….

두 사람이 도서실 앞에 도착하자 때마침 그들이 찾는 교사가 문 밖으로 나오는 참이었다.

"렌고쿠 선생님…."
"오오, 무슨 일이지?! 나한테 볼일이 있나? 소년들!"

호감이 가는 밝은 얼굴로 역사 교사가 대답했다.

그의 팔에는 『도전! 도시락 싸는 남자』, 『군침 도는 도시락 365일』, 『우리 아이가 좋아하는♥도시락』이라는, 질문하기 망설여지는 제목의 책들이 안겨 있었다.

"…(네가 여쭤봐!)"
"…(아니, 지금은 젠이츠 네가 나서야지!)"

젠이츠와 탄지로가 말없이 서로를 노려봤다.

그러나 렌고쿠가 두 사람의 미묘한 표정을 알아챌 일은 없었다. 결코 무신경하지는 않지만 세세한 변화를 잘 캐치하지 못하는 성격이랄까. 어쨌든 분위기 파악을 잘하는 타입은 아니었다.

하는 수 없이 탄지로가 "…저어." 하고 말문을 열었다.

"선생님은 분명 본가에서 생활하시죠? 그… 결혼은요?"

"그래! 아버지와 어머니, 남동생과 함께 산다! 결혼은 아직 안 했어! 그게 왜 궁금하지? 카마도 소년!"

"…도시락은 직접 싸세요?"

"아, 이거 말인가." 이제야 알아차린 렌고쿠가 새하얀 이를 드러내며 웃었다. "최근에 어머니 일이 바쁘시거든."

어머니를 대신해 동생의 도시락을 싸 줄 생각이라고 말했다.

"어머니만큼 능숙하지는 않지만, 센쥬로가 기뻐할 걸 만들어 주고 싶어서 말이야."

뚜껑을 열고 보니 별일 아니었다. 오히려 호감도가 마구 오를 대답이었다. 입을 열 때마다 호감도가 뚝뚝 떨어지는 토미오카와는 달라도 너무 달랐다.

"어때? 너희도 만들어 보겠나? 괜찮으면 이 길로 당장 우리 집에 오려무나!"

"아, 아뇨. 저희는 선생님께 상담 드릴 일이 있어서…."

교사의 스스럼없는 제안에 탄지로가 황급히 용건을 꺼냈다.

"그치? 젠이츠."

"어, 어어. …네, 맞아요. 실은 토미오카 선생님 일로….."

"토미오카? 동료인 토미오카 기유 말인가!"

"네. 사실 저는 선도위원을 관두고 싶은데요, 토미오카 선생님께서 제 말을 도무지 들어 주지 않으셔서….."

젠이츠가 조금 전에 학교 식당에서 벌어진 사건을 이야기하자,

"끄응."

전에 없이 심각한 얼굴로 듣던 렌고쿠가,

"연어 무조림도 좋지!"

라며 쾌활하게 자신의 감상을 말했다. "생선과 채소의 조합은 건강에 좋고, 무엇보다도 무가 제철인 계절이야. 제철 음식은 몸에 좋아!! 영양가가 높으니까!"

"네?"

"저, 저기….."

"둘 다, 우리 집에 가기 전에 슈퍼에 들르자꾸나. 아니지, 무는 채소 가게. 연어는 생선 가게에서 사는 게 좋겠군!!"

"그러니까 저희 용건은 그게 아니라요."

"앞지르라면 내 걸 빌려주마. 시상히지 마!!"

"아뇨!"

"선생님, 연어 무조림은 도시락 반찬으로 별로예요. 칸을 잘 나누지 않으면 밥이 국물에 젖어서 질척질척해져요."

"?! 아니, 왜 너까지 딴 소리야?!"

"그런가. 밥도 지어야겠다! 메인반찬만 먹어서는 밸런스가 안 맞아!!"

"영양솥밥은 어떨까요?"

"그거 좋군! 좋아!! 쌀집에도 들른다!"

"몇 번 말해요, 그게 아니라…."

"그렇게 사양하지 말거라! 학생과의 커뮤니케이션은 교사의 중요한 책무야!"

"그러니까 전 단지 선도위원을 그만두고 싶은 것뿐이라고요!!"

이리하여 모 교사 이상으로 남의 이야기를 듣지 않는 역사 교사와 의외로 맹한 절친에게 휘둘려서 젠이츠의 방과 후는 저물어 갔다….

"난 있지… 렌고쿠 선생님이 남의 말을 그렇게 안 듣는 분인 줄은 몰랐어."

귀멸 학원에서 그리 멀지 않은 식당 아오이에서 입가심으로 아이스커피와 디저트를 주문한 젠이츠는 테이블 위에 엎드렸다.

결국 끌려갔지만, 무슨 일이든 요령 있게 해치울 것 같던 렌고쿠는 놀랍게도 요리에 소질이 없었다.

심지어 일말의 악의도 없이 실패를 거듭하는 탓에 차마 화를 낼 수도 없었고, 맛만 봤는데도 미각이 완전히 고장 나 버렸다. 진심으로 죽음을 각오한 순간도 있었다.

당분간은 연어도 무도 쳐다보기 싫었다.

"게다가 겨우 요리가 끝난 줄 알았더니, 선생님네 아버지가 하시는 검도교실에서 한참을 시달리질 않나…."

"기분 풀어. 센쥬로도, 선생님네 아버지도 기뻐해 주셨으니까 잘됐잖아."

탄지로가 지극히 우등생다운 말로 위로했다. 그런 친구를 젠이츠가 원망스러운 눈빛으로 노려봤다.

"그런 것보다도 내 고민은?! 아무것도 해결되지 않았다고!!"

"아, 그 문제가 있었지. 미안해, 깜박했어."

역시 까먹고 있었다.

"내일 아침부터 또 지옥이 펼쳐질 거야…. 하아… 어딘가로 도망치고 싶어. 토미… 그 사람이 없는 세상으로 가고 싶어."

아이스커피와 디저트가 나온 뒤에도 젠이츠는 계속 우는 소리를 내고 탄지로가 그를 위로하고 있으려니 이 식당의 마스코트인 칸자키 아오이가 선배 코쵸우 시노부와 함께 돌아왔다.

"어머나, 탄지로와 젠이츠도 왔군요."

"잘 왔어요. 지금 새 차를 내어 줄게요. 시노부 선배도 편히 앉아서 기다리세요. 생크림 경단 앙미츠를 드리면 될까요?"

"네, 흑당 듬뿍 넣어서요."

2학년인 아오이는 꽃꽂이부. 3학년인 시노부는 약학 연구부와 펜싱부 두 곳에 소속되어 있다.

두 사람 모두 단정한 외모지만, 특히 시노부는 연예 기획사에서 스카우트 제의가 끊이지 않을 정도의 미소녀. 심지어 성적은 언제나 학년 톱. 펜싱부 대회에서도 우승하는 등, 예쁜 외모만이 전부가 아닌 여자로서 매년 미스 귀멸의 자리를 독점했다.

그런 한편으로 수상한 소문도 돌았다. 약학 연구부에서는 무미 무취의 위험한 약물을 제조한다는 둥, 교사들 중에도 그녀 앞에서 설설 기는 사람이 다수 있다는 둥, 거기에는 그 토미오카마저도 포함된다는 둥….

극히 일부 학생들 사이에서 통하는 별명은 독의 공주.

그러나 물론 젠이츠는 그 소문을 곧이듣지 않았다.

이유는 하나,

'이렇게 예쁜 사람이 악인일 리가 없지….'

이거였다.

"무슨 일 있어요? 안색이 좋지 않네요. 저라도 괜찮다면 사정을 들려주겠어요?"

같은 테이블에 앉은 시노부가 걱정스러운 얼굴로 물었다.

젠이츠의 표정이 흐물흐물 풀어졌다.

이렇게 상냥한 사람이 그런 무시무시한 사람일 리 없다. 분명히 그녀의 귀여운 외모와 재능을 시기한 자들이 퍼트린 헛소문이야. 틀림없어.

"실은요…."

젠이츠가 고민을 털어놓았다. 시노부는 자기 일처럼 진지하게 들어 줬다. 그러고는,

"토미오카 선생님은 젠이츠에게 기대를 품고 계시다고 봐요."

"기대…?"

좀처럼 들을 일이 없는 단어에 젠이츠가 미간을 찡그렸다.

시노부는 살며시 미소 지었다.

"토미오카 선생님은 그런 분이다 보니 툭하면 오해를 사서 학생들에게 미움받는 일도 잦고, 선도위원도 금방 달아나 버려요…. 하지만 젠이츠는 토미오카 선생님 옆에서 잘 버티고 있잖아요? 아마 내심 기쁠 거예요."

"아뇨, 딱히 원해서 남아 있는 건 아닌데요…."

폭력이라는 목줄을 매서 강제로 복종시키는 것뿐이다.

"전에 토미오카 선생님이 중얼거리셨어요. '아가츠마는 잘하고 있어.'라고요."

"그… 토미오카 선생님이요?"

그 말을 믿을 수 없는 젠이츠가 시노부를 바라봤다.

시노부의 아름다움 때문일까, 시노부가 이야기하는 토미오카가 마치 다른 사람처럼 인자하기 때문일까. 그 이름을 입에 담아도 토하지 않았다.

"선도위원은 정말로 중요한 직책이리고 생각해요. 하지만 젠이츠를 비롯한 선도위원들이 있어서 이 학교의 평화가 유지

되고 있답니다."

학교의 여신이 아름다운 눈웃음을 지었다.

그리고 젠이츠의 손에 자신의 손을 살며시 포갰다. 샴푸 향인지, 아니면 향수 같은 것인지, 형언할 수 없는 좋은 향기가 났다.

"힘내세요, 젠이츠. **제일 응원하고 있어요.**"

"넵!!!!!!!!!!!!!!!!!"

시노부가 손을 꼭 쥐자 코피를 터트릴 만큼 흥분한 젠이츠가,

"이 젠이츠에게 맡겨 주세요!!"

라며 호언장담했다.

마음속으로는,

'행복해!! 우와아아아, 행복해!!'

라고 외치며 구름 위까지 날아올라 있었다.

그곳에 새로 끓인 차와 생크림 경단 앙미츠를 가져온 아오이가 뭐라 말할 수 없는 얼굴로 시노부와 젠이츠를 바라본 다음 작은 목소리로,

"…이런 말씀 드리기는 뭣하지만… 이번 달 들어서 **시노부**

선배에게 제일 응원받은 사람은 젠이츠까지 해서 13명이에요.
그러니까 너무 진지하게 받아들이지 않는 편이 좋다고 봅니다
만…"

　라고 속삭였지만 당연히 젠이츠의 귀에는 닿지 않았다.

　"잘됐구나, 젠이츠. 역시 젠이츠 넌 선도위원으로 딱이야.
힘내."

　싱글벙글 웃는 탄지로에게도 그 목소리는 닿지 않았다.

　어이가 없어진 아오이가 탄식을 내뱉는 옆에서,

　'좋았어, 까짓것 한다!! 해 주겠어!! 나는 시노부 선배에게
제일 많이 응원받은 남자니까!!'

　뼛속까지 단순한 젠이츠는 그렇게 뜨거운 가슴으로 맹세했
다.

　"토미오카 선생님!!"

　다음 날 아침, 교문 앞에서 복장 체크 중인 토미오카의 모습
을 발견한 젠이츠는 방긋 웃으며 달려갔다.

오늘도 운동복 차림인 토미오카는 목에 지도용 호루라기를 걸고, 애용하는 죽도를 쥐고 있었다.

"선생님!! 저요, 이번 주 토요일에 미용실 예약했어요!!! 검은 머리로 물들여서 선도위원 일 힘내겠습니다!!! 앞으로도 지도 편달을 잘 부탁…."

다시 태어난 것처럼 두 눈을 반짝이는 젠이츠가 우렁찬 목소리로 선언하려 한 순간,

"시끄러워!!!"

"?!"

토미오카로부터 예상치 못한 일격을 받고 붕 날아갔다.

"교내에서 큰 소리 내지 마."

"……."

'이러기 있냐고….'

눈물조차 나오지 않는 가운데 젠이츠가 그 자리에 주저앉았다.

그리고 점심시간.

"탄지로오오오오오!!! 나, 선도위원 그만둘래!!!! 더는 싫어!!! 그도 그럴 게, 토미오우웩."
"젠이츠…."

아가츠마 젠이츠의 비통한 외침이 메아리쳤다.

…참고로 며칠 후.
"귀중한 인재의 유출을 막아 드렸으니까 다음 달부터 우리 부의 체육관 사용 시간을 늘려 주세요. 아셨죠? 토미오카 선생님."
라고 벌레도 죽이지 못할 것 같은 얼굴로 교사를 협박하는, 다르게 표현하자면 부탁하는 시노부의 모습이 목격되었고, 그걸 들은 젠이츠가 사흘 밤낮을 몸져눕게 됐지만, 굳이 지금 다루지는 않겠다.

오늘도 중고등 통합교 귀멸 학원은 (한 명을 제외하고) 그런 대로 평화롭다.

『귀멸의 칼날 행복의 꽃』 마침

후기 고토게 코요하루

수고가 많으십니다.

얼마 전에 안경을 시착해 보는데

점원이 살짝 내려서 쓰는 게 멋이라고

조언해 주길래 코끝까지 내렸더니

쓴웃음과 함께 "한도가 있는데 말이죠."

라는 말을 들은 고토게입니다.

소설은 즐겁게 읽으셨나요?

처음으로 소설 삽화를 그릴 기회를 얻어서

작가는 무척 설레고 두근거렸습니다.

즐거운 기분으로 면역력을 길러서

감기 따위 걸리지 않고

건강한 매일을 보내셨으면 좋겠어요.

후기 야지마 아야

『귀멸의 칼날』을 좋아해요. 정말로 좋아해요.

살짝 난감하다 싶을 정도로 좋아해요.

정말로, 많이 좋아합니다.

그래서 소설화 제의를 받았을 때는

너무나 행복한 나머지 마음속으로 '끄악!' 하고 절규했어요.

(물론 듣기 싫은 고음입니다.)

고토게 선생님, 주간 연재와 애니메이션화로 바쁘신 와중에도

꼼꼼하게 원고를 체크해 주시고 무시무시한 파괴력을 지닌 삽화들,

훌륭하다고밖에 표현할 길이 없는 표지를 그려 주셔서

정말 정말 감사합니다.

지고로 사범님의 이름을 알려 주셨을 때는

너무 행복해서 저도 모르게 컴퓨터 앞에 털썩 엎어졌어요.

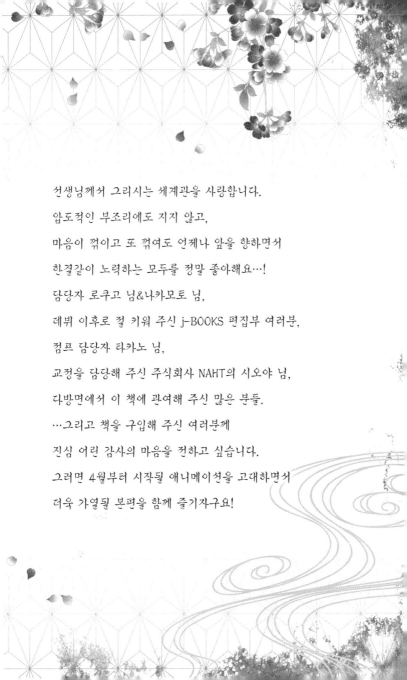

선생님께서 그리시는 세계관을 사랑합니다.

압도적인 부조리에도 지지 않고,

마음이 꺾이고 또 꺾여도 언제나 앞을 향하면서

한결같이 노력하는 모두를 정말 좋아해요…!

담당자 로쿠고 님&나카모토 님,

데뷔 이후로 절 키워 주신 j-BOOKS 편집부 여러분,

점프 담당자 타카노 님,

교정을 담당해 주신 주식회사 NAHT의 시오야 님,

다방면에서 이 책에 관여해 주신 많은 분들.

…그리고 책을 구입해 주신 여러분께

진심 어린 감사의 마음을 전하고 싶습니다.

그러면 4월부터 시작될 애니메이션을 고대하면서

더욱 가열될 본편을 함께 즐기자구요!

귀멸의 칼날
행복의 꽃

_____

2021년 12월 10일 초판 발행
2024년 7월 10일 6쇄 발행

저자 야지마 아야 | **원작·일러스트** 고토게 코요하루 | **옮긴이** 김시내
발행인 정동훈 | **편집인** 여영아
편집 팀장 황정아 김은실 | **편집** 노혜림
발행처 (주)학산문화사 | 서울특별시 동작구 상도로 282 학산빌딩
편집부 02.828.8838(전화), 02.816.6471(팩스) | **영업부** 02.828.8986(전화), 02.828.8890(팩스)
홈페이지 www.haksanpub.co.kr | **등록** 1995년 7월 1일 | **등록번호** 제3-632호

_____

_____

ISBN 979-11-348-5069-2 04830
ISBN 979-11-348-5068-5 (세트)

값 7,000원

종말의 세라프 ~흡혈귀 미카엘라 이야기 2

카가미 타카야 지음 | 야마모토 야마토 일러스트 | 정대식 옮김

흡혈귀의 과거를 파헤치는 이야기

신을 섬기는 몸으로 전장에서 신앙심을 잃은 크롤리. 살인 사건과의 조우, 페리드와의 만남으로 그는 '인간'을 잃게 되는데….

(주)학산문화사 발행

혈계전선

—ONLY · A · PAPER MOON—

나이토 야스히로 원작·일러스트 | **아키타 요시노부** 지음 | **정대식** 옮김

재프에게 숨겨 둔 아이가 있었다?
대인기 만화『혈계전선』의 노벨판 등장!

"그래서, 누가 내 아빠야?" 레오와 재프 앞에 나타난 소녀. 그녀의 한마디가
이 세상의 미래가 걸린 싸움의 막을 올렸다. 비밀결사 라이브라의 알려지지 않
은 이야기, 소설화!!

(주)학산문화사 발행